Titre original
Nancy Drew Girl Detective
 # 13 Trade Wind Danger

© 2005 by Simon & Schuster, Inc.
© 2008 Bayard Éditions Jeunesse pour la traduction française,
avec l'autorisation de Aladdin Paperbacks,
an imprint of Simon & Schuster Children's Publishing Division.
ISBN 13 : 978-2-7470-2459-4
Dépôt légal : septembre 2008
Loi n° 49 956 du 16 juillet 1949
sur les publications destinées à la jeunesse.
Nancy Drew et *Nancy Drew Mystery Stories*
sont des marques déposées de Simon & Schuster, Inc.

Carolyn Keene

Mystère à Hawaï

Traduit de l'anglais (États-Unis)
par Anna Buresi

BAYARD JEUNESSE

Impression réalisée sur CAMERON par

La Flèche
en août 2008

Imprimé en France
N° d'impression : 48875

1. Inconnus mystérieux

San Francisco est la plus belle ville que je connaisse – et c'est beaucoup dire, car j'ai vu aussi Paris. Je m'y trouvais par une fraîche matinée de printemps avec mes deux meilleures amies, George Fayne et Bess Marvin. Pour moi, le rêve.

Désignant les bagages chic empilés sur le chariot du portier, devant notre hôtel, George demanda :

– Tu n'as que quatre valises, Bess ? Ça m'inquiète. Tu es sûre de n'avoir rien oublié ?

Ignorant ce sarcasme, Bess répliqua gaiement :

– Laisser des vêtements, moi ? Impossible !

Elle tira d'un sac une veste légère, qu'elle enfila par-dessus son débardeur. Puis elle continua en agitant ses cheveux blonds :

– La lecture du guide m'a prévenue ! Le temps est très capricieux à San Francisco : ensoleillé et pluvieux, chaud et froid au cours d'une même journée.

– « Jamais plus d'un bagage », voilà ma devise, déclara George en logeant son sac à dos sur le chariot, près de mon sac de marin. Deux jeans, des shorts, des tee-shirts et un sweat-shirt imperméable. Je ne suis pas parée, avec ça, peut-être ?

J'écoutai leurs taquineries en souriant. Bess et George sont cousines germaines. Mais elles ne se ressemblent pas plus que le jour et la nuit. Bess la blonde est douce, très coquette, et totalement dénuée d'esprit de compétition. George la brune a un humour pince-sans-rire, hausse les épaules quand elle entend le mot « fringues », et pour ce qui est de l'esprit de compétition... eh bien, c'est une sportive accomplie. En revanche, elles ont un point commun : elles sont d'une loyauté à toute épreuve l'une envers l'autre, et envers moi.

Alors que je venais d'acquitter la course, le vieux chauffeur de taxi nous lança :

– Ça y est, mesdemoiselles, vous avez pris

toutes vos affaires ? Vous allez adorer San Francisco, vous verrez ! Vous y laisserez peut-être même vos petits cœurs, comme dans la chanson ! En tout cas, vous y rencontrerez de drôles d'oiseaux ! Ce ne sont pas les hurlu-berlus qui manquent, dans cette ville ! Elle les attire comme un aimant. Bon séjour ! conclut-il sur un signe de main, en démarrant.

Alors qu'il se lançait dans l'ascension d'une colline derrière un collègue, George commenta :

— Les habitants de San Francisco ont l'air aussi pittoresques que ceux de River Heights. Ce type a au moins quatre-vingts ans, non ?

— Cette ville est célèbre pour ses excentriques, dis-je. Comme par exemple les beatniks des années cinquante.

— Et les hippies des années soixante, renchérit Bess.

— N'oubliez pas les petits génies qui ont inventé de nouveaux systèmes informatiques dans leurs garages au cours des décennies suivantes, surenchérit George.

Bess reprit :

— Je parie que tu vas tomber sur une énigme à résoudre, pendant ces vacances, Nancy ! Les mystères doivent pulluler, ici, si cette ville est aussi extravagante qu'on le prétend.

Je souris. À la pensée d'être environnée par tout un tas de mystères, j'étais plus excitée qu'une puce. Que voulez-vous? Je suis détective dans l'âme!

Soudain, un objet siffla à mon oreille, me manquant de peu. Je fis volte-face et le suivis des yeux tandis qu'il continuait sa descente bondissante, dévalant la rue à notre droite.

– Une balle de tennis! s'exclama George.

– Lancée exprès? fit Bess, nerveuse.

– J'en doute, miss, glissa le portier. C'est sûrement un gosse qui s'amuse. Il est pratiquement impossible de rattraper une balle quand elle dévale une de nos collines. Heureusement, il ne s'agissait pas d'un skateboard! Ou pire, d'une voiture avec des freins défectueux! Cela dit, une voiture folle n'est que roupie de sansonnet, comparée à l'un de nos tremblements de terre!

– Bref, rester dans la rue, ici, c'est vivre dangereusement, si je comprends bien! fit Bess.

– Alors, entrons, décréta George. Dès qu'on sera installées, on partira en exploration!

Nous suivîmes le portier dans le hall de notre hôtel, le Old Bay Mare – «la vieille jument baie». C'était un lieu charmant, hors du temps: une ancienne demeure victorienne reconvertie, ornée de papier à fleurs et de meubles antiques. Lorsque nous fûmes enregistrées à la réception, le portier nous mena dans une chambre confortable, avec des lits jumeaux en cuivre et une couche d'appoint. Un feu crépitait joyeusement dans la cheminée, comme pour nous faire bon accueil.

Après avoir donné un pourboire au portier, nous refermâmes la porte. Bess se laissa tomber sur le lit d'appoint :

— Je prendrai celui-ci. Je me moque du luxe.

Je souris. Bess est peut-être du genre à accumuler les bagages à l'excès, mais on peut toujours compter sur son altruisme et sa générosité.

— Bon, bonne nuit, continua-t-elle en fermant les yeux.

— Comment ça, «bonne nuit»? s'exclama George. Avec ce beau soleil? Et notre visite de San Francisco, alors, qu'est-ce que tu en fais?

Bess enfouit son visage sous l'oreiller et marmonna d'une voix étouffée :

— Allez-y sans moi, les filles. Je suis encore sous l'effet du décalage horaire. Le vol a été long depuis Chicago. Et je me sens bien auprès de ce bon feu.

— Il est trop chaud, ça t'endort! décréta George, qui alla la secouer par un bras. Allons, remue-toi!

– George a raison, approuvai-je. Si le temps est aussi changeant que tu le dis, profitons du soleil tant qu'il y en a. Allons voir la ville !

Bess se redressa sur son séant :

– Tu retournes mes propres paroles contre moi, Nancy ! J'aurais dû m'en douter ! Que peut-on attendre d'une fille d'avocat ?

J'éclatai de rire. Mon père, Carson Drew, était un avocat très en vue de River Heights. Bess avait raison : il avait veillé à ma formation !

Quelques instants plus tard, nous descendions la colline en direction d'Union Square où, selon le réceptionniste de l'hôtel, nous pourrions emprunter l'un des célèbres *cable cars*, les tramways funiculaires de la ville. Notre destination : Fisherman's Wharf, où nous prendrions le bateau qui décrivait un périple dans la baie et passait près d'Alcatraz, l'ancienne île-prison.

– San Francisco ! s'exclama Bess, les joues rosies par la marche. Même ce nom est romantique !

– Puisqu'on parle de romance… c'est vraiment dommage que Ned ait dû rester à River Heights pour passer ses examens en fac ! dit George.

– J'aurais bien aimé qu'il vienne, soupirai-je, réprimant un pincement de cœur à la pensée de mon copain. Mais n'oublions pas que cette ville n'est pas seulement la capitale de l'amour ; c'est aussi celle du mystère ! Le grand écrivain de romans noirs Dashiell Hammett y a situé un grand nombre de ses intrigues ! Vous vous souvenez de ce vieux film tiré d'un de ses livres, *Le Faucon maltais* ? Avec Humphrey Bogart menant l'enquête dans le brouillard de San Francisco ?

Mes amies ne répondirent pas ; elles n'avaient d'yeux et d'oreilles que pour le panorama !

En tournant à l'angle de la rue, nous découvrîmes, près d'un petit parc, un *cable car* en attente.

– Il ressemble tout à fait à celui du dépliant touristique qu'on nous a donné à l'hôtel ! s'exclama Bess.

C'était un véhicule d'aspect ancien, de couleur brune, avec des rangées longitudinales de sièges en bois faisant face à de vastes baies vitrées. Il y avait aussi des marchepieds extérieurs pour les passagers aventureux qui préféraient une visite plus « sportive ». Ces points d'observation étaient occupés, hélas !

Avant de monter à bord, Bess se pencha pour regarder sous le véhicule. Typique ! Il faut absolument qu'elle sache comment les choses fonctionnent ! Pour autant que je puisse en juger, la voiture s'arrimait à un câble souterrain grâce à une sorte de grosse pince ; le conducteur manœuvrait à l'aide d'un levier qui ressemblait à un frein à main.

La cloche du véhicule tinta gaiement.

— J'en conclus qu'on a intérêt à s'asseoir en vitesse, dit George alors que nous grimpions dans le tram pour nous frayer un passage dans la cohue.

— Comment ? demanda Bess. On est entassés comme des sardines !

Elle tenta de se faufiler dans un espace étroit, entre deux jeunes voyageurs. Je me glissai près d'un couple d'un certain âge, heurtant la femme sans le vouloir.

— Oh, pardon ! fis-je.

Elle me décocha un regard dur, sans prononcer un mot. Je ne m'attendais guère à une telle réaction. Mais je n'eus pas le temps de m'appesantir dessus, le receveur nous demandait le prix de notre passage. Il avait lui-même des difficultés, malgré son habitude, à circuler à travers la foule.

— On aurait dû attendre le prochain, dit Bess, tendue. J'ai du mal à respirer.

— Les autres voitures seront tout aussi pleines,

jeune fille, lui glissa l'homme qui se tenait près de moi. Avec tous ces fichus touristes !…

Je lui jetai un coup d'œil. Grand et distingué, il avait des cheveux poivre et sel et un sourire ravageur, avec des dents presque trop blanches !

Il continua :

— Harriet et moi ne prenons que rarement ce moyen de transport. En fait, nous venions de terminer une course près d'Union Square lorsque cette voiture est passée. Comme nous étions pressés de rentrer, il m'a paru judicieux de la prendre au vol. N'est-ce pas que j'ai eu raison, chérie ? demanda-t-il à son épouse aux cheveux gris.

La dénommée Harriet serra les mâchoires. Son expression était aussi solennelle et figée que celle d'un sphinx. Je crus qu'elle ne répondrait rien, mais elle lâcha avec un haussement d'épaules :

— Certainement, Ed. Tu es toujours si avisé.

— J'essaie de l'être ! fit-il en riant.

— Vous avez toujours vécu ici ? demandai-je à Harriet.

C'est plus fort que moi, je n'arrive jamais à dompter ma curiosité. C'est sûrement pour ça que je suis détective ! Je ne résistai pas à l'envie de savoir si je parviendrais à la rendre plus loquace.

Ses yeux gris se rétrécirent. Le silence se prolongea. Contrairement à son mari, très convivial, elle préférait garder ses pensées pour elle – du moins, avec des étrangères.

– Nous habitons ici depuis cinq ans, dit Ed. Nous venons de New York. San Francisco est une ville merveilleuse ! De taille humaine, elle a un décor fascinant, une beauté qui s'impose naturellement. En plus, c'est un lieu qui offre beaucoup de distractions culturelles et d'activités sportives, qu'on aime la randonnée, la voile ou autre. Je ne m'y sens jamais à l'étroit.

– Pas même en ce moment ? lança George avec son culot habituel. On est plutôt coincés dans ce tram !

– C'est sans importance, fit Ed. Je suis libre de descendre quand je veux.

Le *cable car* entreprit l'ascension d'une colline escarpée. Le poids de mon corps – et celui de tous les autres passagers se déportèrent vers l'arrière. Si je n'avais pas su à quoi m'en tenir, j'aurais cru que le véhicule allait verser. Il est à peine exagéré de dire que nous étions à présent parallèles au sol.

Je tendis le cou pour regarder à l'extérieur, au-delà d'un groupe de voyageurs. La pente était si raide qu'elle bouchait la vue du ciel. Je

n'aperçus qu'une enfilade de demeures victo-
riennes colorées bordant la rue de part et
d'autre. Des palmiers oscillaient dans quelques
avant-cours.

– C'est dingue ! Le trottoir est en escalier !
s'exclama Bess.

– Certaines collines sont trop abruptes pour
des trottoirs classiques. Il est préférable de les
étager pour faciliter l'ascension, expliqua Ed.
Au fait, d'où venez-vous, mesdemoiselles ?

– De River Heights, répondit Bess. Ce n'est
pas très loin de Chicago. Nous sommes arri-
vées par avion ce matin. Nancy rêve de venir ici
depuis qu'elle a lu les romans policiers de
Dashiell Hammett. Elle nous a convaincues de
l'accompagner.

Ed sourit :

– Chicago est une belle ville. Il y a ce lac
magnifique… Mais tout de même, je préfère
San Francisco avec ses collines, son
brouillard… la liste est longue.

Il n'eut pas le loisir de la poursuivre ! La
voiture s'immobilisa dans un brusque à-coup.
Des cris de surprise jaillirent autour de nous, et
les conversations s'arrêtèrent.

Quelqu'un s'étonna :

– On prend des passagers supplémentaires
au beau milieu de la colline ?

Je tentai de voir ce qui se passait. Ainsi que je m'y attendais, nous n'étions pas du tout à un arrêt du tram. Pourtant, je ne soupçonnai le danger qu'au moment où l'expression pétrifiée de Harriet se modifia. Elle jeta un regard inquiet en direction du poste de manœuvre.

Le chauffeur n'était plus là.

Avec un léger chuintement, le tramway commença à glisser à reculons. En contrebas, à quinze mètres de nous, un 4x4 rouge fit un écart pour dévier de sa trajectoire, et essayer de nous éviter.

2. Une prédiction pour Bess

Un petit garçon s'exclama en riant :
— C'est comme sur la grande roue !
Mais nous n'étions pas dans une attraction foraine, loin de là ! À mesure que nous prenions de la vitesse, les rires cessèrent, remplacés par des cris de panique. George capta mon expression anxieuse, et ses yeux bruns se dilatèrent d'angoisse.
— Laissez-moi passer ! hurla Bess, se frayant à coups de coude un chemin vers le fond du véhicule. S'il vous plaît, laissez-moi passer ! Il y a un frein à l'arrière !
Personne ne s'opposa à elle. Dans un sursaut d'espoir, les gens s'écartaient comme ils

pouvaient pour lui livrer passage. Au bas de la rue, le gros 4x4 essayait de se déporter vers la file de voitures arrêtée au feu rouge.

— Fonce, Bess ! criai-je.

J'expliquai à Ed et à Harriet :

— C'est un as en mécanique ! Si quelqu'un peut stopper ce tram, c'est elle !

Ils ne parurent guère rassurés. L'allure très féminine de Bess les faisait probablement douter de ses capacités – pourtant, elle est aussi calée en mécanique qu'en fanfreluches !

Je regardai vers le 4x4, et eus un coup au cœur : il n'était plus qu'à six mètres ! Les hurlements devinrent encore plus suraigus à l'intérieur du tram. Bess avisa un mécanisme en forme de manivelle à l'arrière. Il ne lui fallut qu'une fraction de seconde pour l'atteindre et l'actionner. Le *cable car* s'arrêta dans un crissement strident.

Tout le monde resta plongé dans un silence hébété pendant quelques minutes. Puis des vivats jaillirent :

— Hourra !

— Vous nous avez sauvés !

Un petit garçon demanda à Bess :

— Tu es Superwoman ?

— C'est un ange ! décréta une vieille dame.

Bess, très intimidée par toute cette attention, fixa avec gêne la pointe de ses souliers.

Jouant des coudes pour la rejoindre, le receveur s'exclama :

— Bravo, miss ! Bien joué !

— Pas grâce à vous ! grommela un passager.

— Désolé, messieurs dames. J'encaissais le
prix des billets au milieu de la voiture, comme
d'habitude. Mais qu'est-il arrivé à notre
conducteur ?

Ignorant cette question, la foule continua à
fustiger le receveur ; le chauffeur du 4x4 survint
et y mit son grain de sel. Dédaignant les insultes
qu'on déversait sur lui de toutes parts, le receveur s'assura que le frein arrière était bien mis.
Puis il se dirigea vers l'autre extrémité du tram.
Entre-temps, la foule avait singulièrement
diminué. Les voyageurs craignaient de voir se
rééditer notre dégringolade à reculons !

Je suivis le receveur. À mesure que nous
progressions vers l'avant, les passagers qui s'en
trouvaient proches l'alertaient, parlant tous à la
fois, l'air effrayé.

Un homme expliqua :

— Notre chauffeur est tombé raide.

— Je l'ai secoué, mais il ne réagit pas, ajouta
un deuxième.

En effet, le conducteur s'était affalé au sol.
Je demandai d'une voix forte s'il se trouvait un
médecin parmi les passagers, puis je sortis

mon mobile pour composer le numéro des urgences.

L'homme qui avait secoué le conducteur brandit son portable :

— Ne vous donnez pas cette peine, miss, je viens d'alerter les secours.

Plaçant ses mains en porte-voix, il cria :

— Y a-t-il un médecin ici ?

Nul ne s'avança, ce qui répondait à la question. Cependant, une ambulance du Bay Hospital arriva quelques secondes plus tard. Après avoir rapidement examiné le conducteur, les secouristes le hissèrent sur une civière.

— On dirait qu'il a eu une crise cardiaque, expliqua l'un des porteurs qui descendaient le brancard du tram. Il vit toujours, heureusement ! J'espère qu'on pourra le sauver.

Le receveur, mettant fin à une conversation téléphonique coléreuse, prit la direction des opérations : il demanda aux passagers de descendre.

— Ce tram est hors service pour le moment, expliqua-t-il. Je vous conseille de rejoindre la correspondance avec la ligne la plus proche. J'attends l'arrivée d'un chauffeur de remplacement et d'un mécanicien, pour le contrôle du véhicule.

Les derniers voyageurs qui s'attardaient

encore descendirent. Surgissant près de moi à l'improviste, Ed suggéra :

– Si vous veniez avec Harriet et moi, mesdemoiselles ? Nous vous montrerons où prendre une voiture.

Un moment plus tard, nous parvenions à un autre arrêt du *cable car*, d'une autre ligne. Pendant que nous patientions, Ed déclara :

– J'espère que ce malheureux chauffeur va s'en tirer !

Il ajouta à l'intention de Bess :

– Nous avons la chance d'être encore vivants grâce à vous, miss. Au fait, mesdemoiselles, comment vous appelez-vous ?

– Je suis Nancy Drew, répondis-je. Et voici mes amies : George Fayne et Bess Marvin. Pour le cas où vous ne l'auriez pas remarqué, Bess est un as en mécanique.

– Vraiment ? Je ne m'en serais jamais douté ! plaisanta Ed.

Mais, tandis qu'il m'examinait, son expression redevint grave. Je baissai les yeux, mal à l'aise d'être scrutée ainsi. Y avait-il un défaut dans mon apparence ? Les myrtilles du plateau-repas qu'on nous avait servi en avion avaient-elles laissé des traces sur mes dents ?

L'arrivée du *cable car* interrompit le cours de mes pensées. Nous montâmes à bord – sur le marchepied extérieur, cette fois. Comme le véhicule grimpait à l'assaut de la colline, Ed nous intima :

— Cramponnez-vous, les filles !

— Quelle montée ! s'exclama George. J'adore !

Je ne pouvais qu'être d'accord. Je me retins fermement au poteau métallique pendant notre ascension. Plus nous nous élevions, plus le ciel semblait se dilater et nous environner de toutes parts. Puis nous fîmes une plongée qui me mit l'estomac dans les talons : nous descendions l'autre versant.

— Waouh ! s'exclama près de moi une fillette.

— On se croirait sur les montagnes russes ! lança Bess par-dessus le sifflement du vent.

George dit :

— Mais au moins, cette fois, on est en marche avant !

La colline suivante était encore plus escarpée. La ville étalait en dessous de nous ses maisons blanches noyées de soleil. Des bougainvillées répandaient par-dessus les murs des jardins leurs taches mauves, et les palmiers parsemaient de vert les rues pentues.

Mais le plus magnifique, c'était la baie, dont les eaux couleur saphir miroitaient comme une invite. Elle semblait toute proche, presque à portée de main. À notre gauche, un pont gracieux s'élançait au-dessus de l'eau : ses câbles rouges se détachaient sur le fond de ciel bleu, et finissaient, à l'autre bout, par se fondre mystérieusement dans un nuage de brume.

George énonça sur un ton presque révérenciel :

– Le Golden Gate.

Bess enchaîna avec un soupir :

– Cette baie est magique ! Je comprends que les touristes raffolent de cette ville.

Cinq minutes plus tard, nous descendions du tram à proximité de Fisherman's Wharf, et quittions Ed et Harriet.

– Si on achetait les tickets pour notre excursion dans la baie ? suggéra George. Après, s'il reste assez de temps avant le départ du bateau, on pourra explorer un peu le front de mer.

Il y avait à peine cinq minutes d'attente pour avoir des billets. Nous prîmes donc place dans la file. Alors qu'une famille, devant nous, payait ses places, j'entendis une voix devenue familière :

– Salut, Nancy !

Je fis volte-face. Ed, le regard brillant de voir mon air surpris, nous proposa :

– Harriet et moi nous nous demandions si ça

vous dirait de prendre un pot dans un café ? Permettez-nous de vous offrir quelque chose, s'il vous plaît.

— Oui, renchérit Harriet. Un petit remontant ne nous fera pas de mal après cette éprouvante équipée en *cable car*.

Holà ! Pourquoi Harriet était-elle soudain si diserte ? Mes amies et moi échangeâmes des regards abasourdis. Nous les avions quittés dans le tram, où ils continuaient en principe leur route pour regagner leur foyer. Le couple nous avait-il suivies ?

Avec son franc-parler coutumier, George lâcha :

— Je croyais que vous rentriez à la maison ?

— Et tu avais raison ! répondit gaiement Ed. Mais je me suis avisé que nous avions épuisé notre provision de chocolats, et quand il n'y en a plus, je me sens en manque ! Or, il se trouve que nous sommes ici tout près de Ghirardelli Square.

Il nous désigna d'un mouvement du menton une antique construction de briques, un peu en retrait de la baie :

— Avez-vous entendu parler de la chocolaterie Ghirardelli ? C'est une véritable institution à San Francisco !

Une bouffée de vent venue du large fit frissonner Harriet, qui soutint :

– Nous vous avons aperçues dans la queue, vous aviez l'air transies. On sert un chocolat chaud divin dans les cafés du quartier.

– La proposition est alléchante, dis-je, mais nous nous apprêtions à prendre le prochain bateau pour une visite de la baie.

– Laissez-vous tenter ! plaida Ed. Il n'est que onze heures du matin. Vous avez encore toute la journée devant vous ! L'excursion ne prend qu'une heure.

Bess concéda avec un haussement d'épaules :

– Un bon chocolat ne serait pas de refus. Le temps de le boire, la température aura peut-être remonté.

– Très juste, mon petit, approuva Harriet. À quoi bon s'imposer une situation inconfortable ? Il est déjà bien assez déplaisant d'avoir à subir les commentaires du guide !

Alors que nous emboîtions le pas à Harriet et à Ed, vers Ghirardelli Square, George se pencha vers moi pour me chuchoter :

– Tu as entendu ? Harriet qui donne du « mon petit » à Bess ! Elle qui était si difficile à amadouer !

– Je me demande ce qu'il lui arrive, répondis-je sur le même ton. Elle s'est métamorphosée en moins d'une demi-heure ! Avant, elle ne nous adressait pas la parole. Maintenant nous sommes grandes amies !

Et, à peine étions-nous attablés devant nos chocolats fumants, dans un café accueillant où flottait une bonne odeur de croissants sortis du four, qu'Harriet nous surprit de nouveau. Pivotant vers moi, elle lança :

— Nancy Drew… la célèbre jeune détective, je suppose ?

Puis, le regard brillant, elle attendit ma réponse.

Je suis plutôt maîtresse de moi, et je ne manquai pas de prouver mon sang-froid à cette occasion. Mais je pris tout de même le temps de réfléchir. Comment diable cette femme savait-elle qui j'étais ?

J'observai mes amies. George posait sur Harriet un regard rembruni et perplexe. Bess, qui avait du chocolat plein la bouche, semblait avoir oublié de déglutir.

— Je n'aurais jamais imaginé qu'on avait entendu parler de moi dans une ville aussi éloignée de River Heights, observai-je.

— Ta réputation te précède à grands pas, Nancy ! affirma Ed. L'écho de ton talent se propage à des milliers de kilomètres de River Heights ! Il est si impressionnant !

— Merci, dis-je.

Mais je trouvai qu'il forçait vraiment la note, côté flatteries! Au regard qu'elle me décocha, je sus que George était du même avis.

– À quel hôtel êtes-vous descendues? me demanda encore Ed.

– Au Old Bay Mare, à Nob Hill.

– Es-tu déjà tombée sur un mystère à résoudre?

– Non. Je suis en vacances.

– Ce n'est pas ce qui t'arrête, en général, me répliqua Harriet, plantant ses yeux dans les miens.

De qui tenait-elle cela? Ce duo commençait à m'agacer avec ses questions indiscrètes!

– Je me suis laissé dire que Bess et George sont tes assistantes, reprit Ed, décochant un clin d'œil à mes amies.

À voix basse, sur un ton de conspiratrice, Harriet demanda à Bess:

– Peux-tu me décrire la situation la plus effrayante qu'il t'ait été donné de vivre en secondant Nancy?

Bess s'agita sur son siège, mal à l'aise. Au lieu de répondre, elle prit le biscuit qui accompagnait son chocolat, et en ôta l'enveloppe pour lire la prédiction inscrite sur le mince emballage.

Elle pâlit aussitôt, et le papier lui échappa

des mains. Je le ramassai avant qu'Harriet ait pu s'en saisir, et le lus : MÉFIEZ-VOUS DES NOUVELLES CONNAISSANCES. POUR ÊTRE PLUS ÂGÉES, ELLES N'EN SONT PAS POUR AUTANT PLUS RECOMMAN-DABLES.

3. Harcèlement

– Merci pour le chocolat, dit Bess en repoussant son siège pour se lever. Mais nous devons y aller, maintenant.

– Il n'y a tout de même pas le feu ! intervint Ed, agrippant le bras du fauteuil de mon amie. Nous venons juste de sympathiser ! D'ailleurs, ajouta-t-il en faisant passer une corbeille de croissants, Nancy et George n'ont pas encore fini.

– Si, nous avons terminé, déclarai-je, captant le regard implorant de Bess.

Ed et Harriet nous matraquaient de questions, et je comprenais qu'elle ait envie de partir. George s'illumina à la vue des croissants. Elle aurait été beaucoup moins alléchée si elle avait connu l'inquiétante prédiction !

Ce n'est pas que je croie à ce genre de chose, notez-le bien. En fait, j'avais assez vu Ed et Harriet ! Ils me donnaient la sensation d'être plongée dans un drôle de rêve, dont ils auraient tiré les ficelles en coulisses tels des montreurs de marionnettes.

M'efforçant de rester polie, je déclarai :

— C'est très gentil de nous offrir des croissants, mais nous avons eu un petit déjeuner copieux en avion, et j'aimerais bien garder un peu de place dans mon estomac pour le déjeuner, après notre excursion en bateau.

Quant à George, elle lampa le reste de son chocolat et repoussa sa chaise :

— On y va ! Vous avez vu ce soleil ? Il faut qu'on en profite ! Il paraît que ça peut se modifier en un éclair.

— Le temps changera en fin d'après-midi, lorsque le brouillard du Pacifique s'installera, expliqua Ed. Vous aurez tout loisir de savourer cette belle journée, même si vous vous attardez encore un moment.

Je pris le sac qui contenait mon appareil photo, mes jumelles et mon guide touristique, que j'avais glissé sous mon siège :

— Bon, nous devons acheter nos tickets, si

nous ne voulons pas manquer le départ de la prochaine navette.

Après avoir poliment mais fermement quitté Ed et Harriet, nous longeâmes le quai pour prendre nos billets. Dix minutes plus tard, assises sur la proue du bateau, nous nous éloignions du quai à toute allure, dans la baie d'un bleu intense. Le vent agitait autour de mon visage les longues mèches de mes cheveux blond vénitien, me masquant une grande partie du spectacle. George, que sa coupe courte ne gêne jamais, offrait son visage à la brise avec délice. J'attachai mes cheveux par un élastique, imitée de Bess.

Cette dernière mit sa cousine au courant de la prédiction :

— Un vrai présage de mauvais augure ! C'est pour ça que j'ai tenu à partir. Ed et Harriet me flanquaient la frousse.

Tournant le dos au vent, je fis lire à George le petit papier.

— Je te comprends, Bess, reconnut-elle. Je ne crois pas à ces trucs-là, bien sûr. Mais Ed et Harriet devenaient de plus en plus indiscrets. Tu n'as pas à te justifier d'avoir voulu t'en aller. C'est génial, d'être sur ce bateau !

— Merci, dit sa cousine avec un grand sourire.

L'une des grandes qualités de Bess est qu'elle déteste jouer les rabat-joie. Elle aurait été profondément désolée de nous gâcher notre plaisir. Or, en l'occurrence, ni Ed ni Harriet ne nous auraient valu un moment agréable !

Embouchant son mégaphone, notre guide nous présenta Alcatraz, maintenant proche. Cet îlot de la baie était autrefois une prison de haute sécurité. Je n'en étais pas surprise : même en s'échappant de sa cellule, comment aurait-on pu gagner la terre continentale à la nage ? L'océan est glacial et plutôt agité, dans ce secteur.

Lentement, nous approchions du Golden Gate Bridge enjambant les eaux séparant la baie du Pacifique, qui s'étendait au-delà, brillant et très bleu. L'horizon, lui, était d'un bleu doux tirant sur le mauve, annonciateur du brouillard à venir. Derrière nous, la ville resplendissait sur les collines surplombantes.

Après la traversée, nous fîmes un saut dans la fameuse boutique de chocolats de Ghirardelli Square. Cela me rappela Ed et Harriet, que j'avais oubliés pendant l'excursion, et je m'empressai de les chasser de mon esprit.

Nous achetâmes plusieurs boîtes de chocolats : une pour chacune d'entre nous, et d'autres pour nos familles respectives. Hannah Gruen, notre gouvernante (qui m'a pratiquement élevée depuis la mort de maman, voici des années) adore le chocolat! Quant à papa, il ne boude jamais une bonne friandise!

Je remarquai que Bess ne cessait d'observer les clients, comme si elle redoutait de voir surgir Ed et Harriet parmi eux d'une minute à l'autre. Heureusement, ce ne fut pas le cas!

– Je meurs de faim! annonça-t-elle en sortant. Pas vous?

– Sautons dans un taxi, et allons déjeuner à Chinatown, proposa George. D'après mon guide, c'est vraiment un quartier à voir.

– Et le paradis du shopping! déclara gaiement Bess. Le quartier chinois de San Francisco est célèbre pour ses boutiques et son architecture!

Après avoir avalé de délicieux raviolis à la vapeur et des crabes épicés, nous traînâmes dans les boutiques extrême-orientales débordant de marchandises. Bess acheta un parasol et des pantoufles brodées scintillantes; George, des batteries pour son lecteur de CD portable. Je dénichai une figurine en jade représentant un dragon – souvenir de voyage pour papa. Pourtant, en dépit de tout ce qui sollicitait notre attention, Bess ne cessait de regarder par-dessus son épaule comme si elle redoutait que nous soyons suivies. Je ne pouvais m'empêcher de l'imiter.

Alors que nous rentrions au Old Bay Mare Hotel, chargées de sacs de shopping, je me demandai si le chauffeur du *cable car* s'en était tiré, et je téléphonai à l'hôpital pour avoir de ses nouvelles – me présentant comme un membre de sa famille. Il avait eu une crise cardiaque, en effet ; mais les médecins pensaient qu'il se remettrait.

Au coucher du soleil, après nous être un peu reposées et avoir pris une douche, nous décidâmes de nous offrir des sodas au Sky High, célèbre restaurant situé au dernier étage du Luke Jenkins, un hôtel très sélect un peu plus haut dans notre rue.

Comme d'habitude, George bougonna qu'elle détestait se « saper ». Je ne suis pas plus portée qu'elle à la coquetterie, surtout lorsque je mène une enquête. Mais là, je n'avais aucune énigme à résoudre ! Je fus ravie de m'habiller pour notre première soirée à San Francisco !

Bess commenta en remontant la fermeture Éclair de ma robe décolletée en soie noire :

– Nancy, tu es sensationnelle ! Toi aussi, George.

George lâcha avec un large sourire :

– Merci ! Tu ne dis pas ça juste pour me faire plaisir au moins ?

Bess haussa un sourcil, tout en passant en revue la tenue de George, du genre « chic décontracté » : chemisier blanc, et pantalon ample de couleur kaki.

– Je ne te ferais jamais un compliment immérité ! Tes habits n'ont pas un faux pli, en plus ! Comment te débrouilles-tu, avec le fichu sac à dos que tu trimballes ?

– Mets ça sur le compte de la technique de pliage Fayne ! lança George. Viens, Nancy, je vais agrafer ton collier.

Elle m'ôta le bijou des mains pour l'assujettir autour de mon cou. Puis elle ajouta, en jaugeant d'un regard critique les sandales à talons hauts de Bess :

– Tu vas vraiment grimper la colline sur ces échasses ? Tu vas te tordre les chevilles !

– Je suis la championne de la marche sur talons aiguilles ! rétorqua Bess. Mais je n'aurai peut-être pas à démontrer mon talent, si un tram nous emmène ! Bon, allons demander la direction du Luke Jenkins Hotel à la réception.

Malheureusement, le *cable car* était bondé, une fois de plus. Nous dûmes marcher. Mais, un quart d'heure plus tard, nous étions assises dans le salon panoramique du Sky High, sirotant des boissons au gingembre et grignotant des chips et des bretzels.

— Tu n'avais pas tort, George, soupira Bess en se massant la cheville. Je me suis fait des ampoules. Mais je suis ravie d'être ici : la vue est magnifique !

Le panorama était superbe, en effet. Affalées sur le canapé que nous avions élu, face à une vaste baie vitrée, nous regardâmes scintiller tout en bas les lumières de la ville et, au loin, le Golden Gate, qui enjambait la rade avec grâce. Soudain, le brouillard apparut, venant rapidement de l'océan, nous donnant l'impression de dériver sur un nuage îlot coupé du reste du monde, dont ne nous seraient parvenus que quelques halos de lumière, brillant faiblement à travers la brume.

— Nancy ?! s'écria derrière moi une voix de femme.

Je tressaillis, puis je me retournai avec circonspection. J'espérais que mon instinct m'avait menti, pour une fois.

Ce n'était pas le cas ! Harriet était bien là, nous adressant un sourire victorieux, comme si elle avait été sûre, d'une façon ou d'une autre, de notre présence.

Vous parlez d'une déveine !

4. Une amie disparaît

Je croisai son regard, aussi gris et impénétrable que le brouillard, en luttant pour conserver une aisance effrontée égale à la sienne:

— Bonsoir, Harriet. Quelle coïncidence de vous revoir! Et Ed, où est-il?

— Il réserve pour le dîner, dit-elle, alors qu'une haute silhouette se détachait de la file des clients patientant pour une table. Mais ce n'est pas par hasard que je tombe sur vous.

Je captai les expressions intriguées de mes amies. Elles pensaient clairement: «Ils nous harcèlent, ou quoi?»

— Salut, les filles! lança Ed qui venait de nous rejoindre. Ça fait plaisir de vous voir!

Fidèle à elle-même, George alla droit au but :

— Bon, puisque ce n'est pas une coïncidence, pourquoi êtes-vous ici ?

— Vous permettez que je m'asseye ? biaisa Ed, se laissant tomber sur le canapé entre George et moi.

Pour sa part, Harriet s'installa confortablement dans un fauteuil près de Bess ; elle évoquait un chat nonchalant, sûr de sa proie.

— Ce restaurant est ravissant, n'est-ce pas ? reprit Ed. Il y a des années que je n'étais venu ici.

— Il plaît aux touristes, ironisa George, comme le *cable car*.

— Il ne me déplaît pas d'avoir une attitude touristique de temps à autre ! affirma Ed. C'est aussi un moyen d'apprécier cette ville unique. Il serait dommage de se comporter comme si elle était un don du ciel.

George revint à la charge :

— Mais pourquoi êtes-vous là ce soir ? Pour nous rejoindre ? Par quel tour de passe-passe ? Nous ne savions pas nous-mêmes où nous irions après vous avoir quittés !

Ed lâcha un petit rire :

— Rassure-toi, ni Harriet ni moi n'avons de dons paranormaux ! Nous sommes venus exprès pour vous voir, et nous savions où vous trouver. Voilà pourquoi ma femme dit que cette rencontre n'est pas due au hasard.

Le silence qui accueillit cette déclaration le fit pouffer de plus belle, et il nous donna une bourrade dans le dos, à George et à moi.

Son geste me hérissa. Cet homme se comportait comme dans un fast-food, et non un restaurant de classe ! Son expansivité tapageuse était presque aussi détestable que le silence hautain de Harriet.

– Qui vous a avertis que nous étions ici ? voulus-je savoir.

Harriet eut un rire espiègle qui tinta étrangement dans le salon où ne s'élevaient que des murmures feutrés.

– Nous avons téléphoné à l'Old Bay Mare pour vous parler, expliqua-t-elle. Le réceptionniste de l'hôtel a juste fait une déduction logique. Vous lui aviez demandé votre chemin, vous vous en souvenez ?

Enfin une réponse claire et nette ! Et je n'étais pas surprise qu'elle vienne de Harriet.

Mais pourquoi le couple se montrait-il si cachottier sur la *raison* de sa venue ? Chaque fois que nous les avions questionnés, ils avaient éludé, ou bien changé de sujet !

Je décidai d'être patiente. Tranquillement

adossée au canapé, je les écoutai parler de leur vie à San Francisco.

Ma tactique finit par payer. Après avoir longuement décrit une bagarre de chats dans son arrière-cour, Ed lui-même se trouva à court de mots, et la conversation s'enlisa dans un silence gêné.

— Donc, Nancy, tu t'interroges sur la raison de notre présence ici ? risqua enfin Harriet.

— Oui ! Vous vous êtes donné beaucoup de mal pour nous suivre, depuis ce matin. Et je ne pense pas que vous vous intéressez tant que ça au chocolat chaud ni aux chats.

— En effet, admit Harriet. Ton attitude directe m'encourage, Nancy.

— Ma femme veut dire, glissa Ed, que nous répugnions à jouer les rabat-joie en mettant sur le tapis l'énigme à laquelle nous sommes confrontés. Nous avons tourné autour du pot dans l'espoir de trouver un moment opportun pour aborder le sujet.

— Nous ne voulions surtout pas vous perturber ! ajouta Harriet. Après tout, vous êtes en vacances !

S'ils savaient ! En moi, la détective est toujours à l'affût ! Mais les gens n'ont pas idée de ma folle passion pour le mystère. Comment pourraient-ils la mesurer ?

— Ne vous tracassez pas pour mes vacances,

décrétai-je. En ce qui me concerne, une énigme ne les rendra que meilleures !

– Merci, Nancy, dit Harriet. Mais George et Bess préféreraient peut-être faire un break ?

Elle adressa un regard aigu à mes amies, dont les yeux étaient braqués sur moi. Je souris. Même si George et Bess étaient de cet avis, elles étaient trop fair-play à mon égard pour reconnaître qu'un séjour *sans* chasse aux criminels dangereux avait leur préférence !

– Si vous nous disiez de quoi il retourne ? suggérai-je. Ensuite, nous déciderons de vous aider ou pas.

Bess se pencha pour me marmonner :

– J'espérais que ces vacances seraient différentes. Visiblement, c'était trop demander !

Avec un regard affectueux à sa femme, Ed proposa :

– Explique-leur ce qu'il se passe ! Tu es plus à l'aise avec les mots, tu iras au fait bien mieux que moi.

Flattée, Harriet redressa les épaules et déclara :

– Eh bien, Nancy, Ed et moi avons une excellente amie prénommée Mildred – une charmante vieille dame. Je ne vois vraiment pas qui pourrait lui vouloir du mal, mais, en un mot comme en cent, elle a disparu.

– Disparu! Habite-t-elle à San Francico? m'enquis-je.

– Oui, certes. Mais elle s'est évanouie dans la nature au cours d'un voyage à Hawaï. Oh, tout ça est si étrange! s'exclama Harriet, qui, pour la première fois, exprima une émotion.

– Elle s'est volatilisée dans un avion? Comment serait-ce possible? demanda Bess.

– Nous ignorons si elle a disparu en avion ou après. Probablement après avoir débarqué, dit Ed. Car tu as tout à fait raison, Bess – il est invraisemblable de disparaître en vol.

– En fait, reprit Harriet, nous sommes sûrs que Mildred était à bord, car nous avons vérifié auprès de la compagnie aérienne. Donc, c'est à Honolulu qu'il lui est arrivé quelque chose.

– Elle voyageait seule?

Harriet me répondit par un hochement de tête affirmatif.

– Mildred écrit des romans policiers. L'intrigue de son nouveau livre tourne autour des légendes hawaïennes. Elle est partie voici deux jours pour enquêter sur les *Night Marchers* – les «Marcheurs nocturnes». Ce sont des guerriers fantômes, je crois.

– Des guerriers fantômes? fit Bess en écarquillant les yeux.

De toute évidence, cette histoire commençait à l'intéresser !

Tout en croquant une poignée de chips, Ed continua :

— Vous comprenez, les filles, Harriet et moi sommes éditeurs. Nous publions des romans noirs. Mildred est un de nos auteurs. C'est aussi une amie, bien entendu. Nous avons un contrat pour son prochain livre. Dans l'ébauche qu'elle nous a remise, elle décrit ces guerriers fantomatiques. Selon ce que j'en ai retenu, ils apparaissent pendant la nuit sur les anciens champs de bataille, où ils marchent en portant des torches. Ils ne tolèrent aucune intrusion des mortels. En fait, selon la légende, si on les regarde dans les yeux, ou si on se dresse sur leur route, on meurt.

— Foudroyé ? s'enquit Bess, horrifiée.

— Oui. Ou bien, on dépérit. Tout en marchant, les fantômes jouent du tambour et psalmodient. Leurs pieds ne touchent pas le sol.

— Bizarre ! déclara Bess. Espérons que Mildred n'est pas tombée sur l'un d'eux.

— Ils n'existent que dans l'imaginaire hawaïen, Bess, déclara fermement Ed. Mildred n'y croit pas. Et moi non plus. Vous ne devez pas y croire davantage, les filles.

— C'est un sujet très inhabituel pour un

roman policier, observa George. Je comprends que Mildred ait voulu enquêter sur eux à Hawaï. Surtout si elle espérait rencontrer des gens qui prétendent avoir vu les *Night Marchers*. En plus, les bibliothèques et les librairies de là-bas doivent abonder en documentation sur les mythes locaux qu'il serait difficile de trouver ailleurs.

Harriet parut songeuse :

— Elle désirait aussi se familiariser avec les lieux où les fantômes sont censés se manifester, pour en recréer l'atmosphère dans son récit. Le réalisme du décor est très important, dans un roman à énigme. Les détails jouent un rôle capital.

— Savez-vous à quel hôtel elle comptait descendre ? demandai-je.

— Mildred n'a pris aucune réservation, dit Ed. Elle devait séjourner chez sa cousine d'Honolulu, avant de gagner Maui pour y poursuivre ses recherches pendant quelques jours. Sa cousine nous a téléphoné aujourd'hui pour nous apprendre la nouvelle. J'ai reçu son appel sur mon mobile peu de temps après votre descente du tram.

— C'est pour ça que nous vous avons rejointes à Fisherman's Wharf : pour obtenir votre aide, expliqua Harriet. Mais nous nous sommes dégonflés.

– Je ne demande pas mieux que de vous conseiller, dis-je, et de passer quelques coups de fil. Mais que pourrions-nous faire de mieux, si loin du théâtre des événements ?

Ed et Harriet échangèrent un regard. Harriet lissa ses cheveux gris, élégamment tressés en torsade à la française, avec des mains tremblantes. Puis elle se tourna vers moi :

– Eh bien, Nancy, nous avions réservé des billets sur un vol pour Hawaï demain matin. Nous voulions essayer de retrouver la trace de notre amie. Mais le mauvais sort s'en est mêlé. Nous avons une catastrophe professionnelle sur les bras. Elle concerne la couverture d'un livre d'art qui est l'une de nos publications les plus importantes ! Nous sommes contraints de rester !

Ed se pencha en avant :

– Alors, seriez-vous disposées à nous remplacer, les filles ? Tous frais payés ?

5. Nouvelles aventures

– À Hawaï? s'écria Bess. Gratuitement?

J'étais aussi abasourdie qu'elle. Mais je repérai d'emblée les problèmes que soulevait cette extraordinaire proposition. Tout d'abord, Ed et Harriet n'étaient que deux : Bess et George devraient-elles tirer à la courte paille pour une troisième place en soute? Je décidai aussitôt que je ne partirais pas sans mes *deux* amies. Il n'était pas question que je choisisse entre elles ! Et puis, qu'en était-il de nos vacances à San Francisco? Pouvais-je persuader mes amies d'y renoncer pour un séjour à Hawaï? Ce ne serait peut-être pas trop difficile, à en juger par la réaction de Bess...

Quoique… Car George déclara d'un air rembruni :

— C'est très généreux de votre part, mais nous avons à peine vu San Francisco ! Nous rêvions de visiter cette ville ! Enfin, moi, du moins.

— Vous pourrez toujours y revenir, observa Ed.

— Mais, et la place d'avion manquante ? fis-je. Vous êtes deux, et nous trois.

— Nous avons déjà acheté un billet de plus, révéla Ed avec un sourire enjoué. Alors, vous pouvez partir ensemble. Nous n'allons sûrement pas vous faire faire une partie de chaises musicales pour ce voyage !

J'en restai bouche bée. Ça alors ! Quelle générosité ! Ce qui m'amenait à l'autre aspect problématique de cette offre inattendue : Ed et Harriet *eux-mêmes*. Nous ne les connaissions ni d'Ève ni d'Adam ! Pouvions-nous leur faire confiance ? Et puis, pourquoi tenaient-ils tant à me confier l'enquête au lieu de faire appel à un professionnel ?

— Nous ne pouvons pas accepter, dit Bess. C'est beaucoup trop généreux !

Ed baissa la tête, l'air gêné :

— Bess, nous sommes très attachés à Mildred ! Nous sommes résolus à la rechercher, et nous pensons que vous êtes à la hauteur de cette tâche. Si quelqu'un peut retrouver notre amie, c'est bien Nancy Drew !

D'un ton bourru, Harriet enchaîna :

– Après tout, nous ne vous envoyons pas à Hawaï pour bronzer sur la plage. Nous attendons des résultats ! Nous voulons nous assurer que Mildred est toujours… enfin, qu'elle va bien.

La portée réelle de ce sous-entendu me donna le frisson. Pourtant… Pourquoi serait-il arrivé malheur à Mildred ? Elle avait très bien pu décider de fuir son ancienne vie ! Ou bien s'être blessée à la tête à l'aéroport et souffrir d'amnésie passagère… Il y avait tant de possibilités quant à ce qui avait pu survenir ! Je ne voyais pas de raison de supposer qu'elle était victime d'un acte criminel.

– Votre attachement pour Mildred m'impressionne, dis-je. Ce doit être quelqu'un de spécial ! Pourriez-vous nous donner plus d'informations à son sujet ?

– Volontiers ! répondit Ed. Elle a environ soixante-dix ans ; des cheveux gris, des yeux bruns vifs et pétillants. Elle est intelligente, drôle et pleine d'entrain. Mais sa plus grande qualité, c'est son non-conformisme. Elle ne recule jamais devant une aventure, et elle dit franchement ce qu'elle pense.

— Elle est toujours gaie, ajouta Harriet. Naïve aussi, bien que ses récits pleins de rebondissements abondent en crimes et délits de toute sorte.

— Elle est aussi plutôt tête en l'air. C'est pourquoi nous tenons à nous assurer qu'il ne lui est rien arrivé de mal.

J'étais très séduite par l'image de cette femme à la fois charmante et débordante d'énergie. Je ne m'étonnais pas qu'Ed et Harriet veuillent la retrouver. Mais ils étaient tous deux plutôt bizarres et farfelus. Avaient-ils une raison inavouée de nous envoyer si loin? Par exemple, nous éloigner de San Francisco pour que je n'aie pas vent d'un crime auquel ils étaient mêlés?

Et Mildred existait-elle vraiment?

Ed et Harriet se penchèrent vers moi, leurs boissons oubliées sur la table.

— Euh... pourrais-je voir vos cartes de visite? demandai-je.

Ed en sortit une de son portefeuille et me la remit:

— Nous sommes réglo, je t'assure.

Je connaissais ce genre de refrain! J'examinai la carte, où figuraient leurs noms, ainsi que celui de leur maison d'édition: Crime Time Books; s'y ajoutaient numéro de téléphone, adresse et site Web. En bas à droite, un petit masque noir : le logo de leur entreprise. Jusque-là, rien de suspect. Peut-être disaient-ils la vérité ? Je ne demandais pas mieux que de les croire !

Normal : je suis naturellement portée vers tout ce qui est énigmatique. Et un mystère à Hawaï... c'était *fabuleux*, non ? C'était même la seule destination touristique plus tentante à mes yeux que San Francisco !

Mais je n'étais pas du genre à me laisser piéger par mes propres désirs. Avant d'accepter cette folle invitation, je devais prendre des renseignements sur ce couple.

Ed avait un regard plein d'espoir, mais Harriet, au contraire, refusa de croiser le mien. Était-il possible qu'elle redoute un refus de ma part ?

– Votre proposition est extraordinaire, dis-je. Mais je dois y réfléchir d'abord. Puis-je vous recontacter ?

Ed se rembrunit. Il hocha négativement la tête :

– Je crains que non, Nancy. Il nous faut une réponse immédiate. Nous ne pouvons pas attendre : l'avion part demain matin.

– Il faut décider maintenant ou jamais, déclara Harriet.

– Très bien. Veuillez m'excuser un instant, euh… j'ai besoin d'aller aux toilettes, marmonnai-je.

Que serait ma carrière de détective sans ce prétexte éculé ?

– Je viens avec toi, Nancy, dit Bess en saisissant son sac.

Contrariée de rester seule avec Ed et Harriet, George nous décocha un regard noir.

Dès que nous fûmes hors de vue, Bess et moi nous faufilâmes dans l'ascenseur pour rejoindre la réception.

– J'aimerais les croire, dis-je, alors que nous pénétrions dans l'immense hall richement décoré, aux lustres scintillants. Mais je ne prendrai jamais pour argent comptant les déclarations de gens que je ne connais pas.

– Tu as raison, m'approuva Bess. Un voyage gratuit, c'est trop beau pour ne pas cacher quelque chose !

– Faisons quelques vérifications !

Je survolai le hall des yeux, et ne tardai pas à repérer ce que je cherchais : une enfilade d'ordinateurs un peu à l'écart, à disposition de la clientèle.

– Je vais jeter un coup d'œil sur le site de Crime Time Books, annonçai-je.

– Et moi ?

– Eh bien… si tu téléphonais à une librairie ou deux ? Histoire de contrôler que Crime Time Books n'est pas une affaire véreuse ?

– C'est comme si c'était fait ! me répondit gaiement Bess en sortant son mobile de son sac.

Je m'installai devant un ordinateur libre et, quelques secondes plus tard, je naviguais sur le site de Crime Time Books. L'entreprise avait une vitrine tout à fait légale, apparemment. Elle affichait sans complexes noms, adresses, et imminentes publications. Le livre de Mildred, pas encore programmé, figurait cependant dans la liste des ouvrages à paraître. À moins de supposer que le site était une arnaque totale, l'entreprise d'Ed et Harriet existait donc. Elle avait « pignon sur rue » !

– J'ai téléphoné à deux librairies, dit derrière moi Bess alors que je venais de me déconnecter. Les personnes que j'ai eues ont été très élogieuses sur Crime Time Books. C'est une maison qui délivre toujours les bouquins comme prévu. Certains de ses auteurs sont très populaires.

Elle me regarda en inclinant la tête :

– Alors, Nancy ? Tu prends cet avion, demain matin ?

– Pourquoi *moi* ? Tu viens aussi, non ?

Bess se rembrunit :

— Peut-être.

— J'en déduis que tu es d'accord.

— Oui, dit Bess, d'un ton pourtant peu convaincu. Mais j'aimerais quand même flemmarder un peu sur la plage !

Nous regagnâmes le salon panoramique, où George, Ed et Harriet grignotaient une nouvelle provision de chips.

— Vous en avez mis du temps ! commenta notre amie.

Harriet me décocha un regard soupçonneux. Elle savait que j'avais pris des renseignements, c'était clair.

— Bon, où puis-je acheter des vêtements tropicaux ? demandai-je.

Ed manifesta bruyamment sa satisfaction, abattant sa main sur la table. Harriet le foudroya d'un regard réprobateur ; mais ensuite, elle se tourna vers moi avec un immense sourire, l'air profondément soulagée. Je ne détectai pas le moindre soupçon d'insincérité dans son expression. Du moins, pas en surface.

Elle demanda avec gratitude :

— Nous pouvons compter sur toi, alors, Nancy ? Et sur Bess et George aussi ?

J'acquiesçai.

De retour au Old Bay Mare, après avoir pris les dispositions nécessaires au voyage, et avalé un morceau au Luke Jenkins Hotel – cadeau d'Ed et Harriet –, Bess se tourna vers George et moi d'un air perturbé, alors que nous venions de refermer la porte de notre chambre.

– Écoutez… je ne suis pas sûre de vouloir me rendre à Hawaï.

– Hein ? grogna George. Mais Ed et Harriet t'ont acheté un billet ! Tu as dit que tu irais ! Enfin quoi, ils ont *payé* !

– Avant même de savoir si l'une de nous accepterait leur offre, je te signale ! répliqua Bess. C'est eux qui ont choisi de courir le risque de faire cette dépense pour rien !

– C'est juste, admis-je. Mais pourquoi recules-tu tout à coup, Bess ? Pendant le repas, tu avais l'air d'accord.

– Eh bien, je ne l'étais pas. Je pensais que je serais moins réticente une fois que je me serais habituée à l'idée de ce voyage. Mais je ne m'y fais toujours pas, et je ne pense pas que ça ira mieux demain matin.

– Qu'est-ce qui te chiffonne ? s'enquit George. Tu me surprends, Bess ! Tu adores les vacances en bord de mer, d'habitude !

– Ce ne seront *pas* des vacances, observa Bess.

Elle ajouta en élevant les mains :

— C'est juste que je continue à trouver Ed et Harriet bizarres, OK ? Je sais qu'on a vérifié, et qu'ils sont réglo en principe, mais...

Elle s'interrompit, nous regarda d'un air penaud puis lâcha :

— Si vous voulez tout savoir, cette prédiction m'a fichu la frousse !

— Au point de refuser ce voyage ? fis-je. Et que feras-tu à la place ?

Elle répondit en souriant :

— Je n'en sais rien... je peux toujours attendre que tu reviennes ici avec George...

— Tu veux rester à San Francisco ? Avec Ed et Harriet dans les parages ? s'étrangla George. La prédiction t'a mise en garde contre eux !

Là-dessus, elle me décocha un sourire en coin.

Bess eut un frisson :

— Si tu vas par là, je ferais peut-être mieux de vous accompagner...

— Pense à toutes les aventures que nous avons eues ensemble, Bess, plaidai-je. Ne veux-tu pas partager celle-ci aussi ? Il ne faut pas s'inquiéter outre mesure au sujet d'Ed et de Harriet ! D'abord, nous avons pris des renseignements, ils sont corrects. Et puis, ils seront à des milliers de kilomètres de Hawaï ! En plus, il fera un temps fabuleux, là-bas. Tout ira bien, je t'assure.

– La fiesta ne fait que commencer, m'appuya George. Elle aura lieu à Hawaï et pas à San Francisco, comme prévu au départ, voilà tout.

Bess sourit enfin :

– OK, les filles, je suis convaincue. Je me fais du souci pour cette pauvre Mildred, et il faut bien que quelqu'un parte à sa recherche. Alors, pourquoi pas nous ?

Après de brefs coups de fil à nos familles, pour les avertir de notre destination improvisée, nous partîmes. Nous débarquâmes à l'aéroport d'Honolulu par un beau matin ensoleillé. Passer de la tonique San Francisco aux chaudes îles Hawaï fut un choc agréable. Des habitants en shorts et débardeurs accueillaient les arrivants en leur passant au cou des colliers de fleurs tropicales, dont la capiteuse odeur flottait dans l'air.

– Ah, le parfum des mers du Sud ! s'exclama Bess alors que nous nous entassions dans un taxi. J'ai l'impression de ne plus être aux États-Unis. La végétation est si luxuriante, ici !

Bess avait raison. Il y avait des palmiers

innombrables, et des jardins envahis de fleurs géantes, rouges et orangées, bordaient la route partant de l'aéroport.

— Je sais qu'Honolulu est la capitale de l'archipel, fit George. Mais elle se trouve sur l'île d'Oahu, c'est bien ça ?

— Oui, c'est là que nous sommes, confirmai-je, me remémorant nos cours de géographie de l'école primaire. Tout un chapelet d'îles forme l'État de Hawaï, dont celle qui porte justement ce nom.

— Surnommée la « Grande Île », glissa notre chauffeur. Et nous appelons « Mainland » les États-Unis continentaux. *Aloha*, mesdemoiselles ! C'est le bonjour hawaïen. Je vous emmène où ?

Je lui donnai l'adresse de la cousine de Mildred, Eliza Bingham : celle-ci nous avait invitées à séjourner chez elle pendant que nous rechercherions sa parente. La veille au soir, vers la fin du repas, Ed avait joint Eliza sur son mobile, pour savoir où en étaient les choses. Il n'y avait toujours pas de nouvelles de Mildred. Ed et Harriet nous avaient donc donné le feu vert pour aller de l'avant dans notre enquête. Cela m'avait conduite à une brève conversation téléphonique avec Eliza.

Je l'avais trouvée gentille, mais elle semblait

avoir l'esprit ailleurs. Peut-être était-elle trop inquiète pour se concentrer… En tout cas, il était généreux de sa part de nous héberger, vu que nous étions de parfaites étrangères.

Nous serpentions maintenant vers le sommet d'une colline dominant Honolulu. L'océan Pacifique s'étendait en dessous de nous à perte de vue, me donnant la sensation d'être lilliputienne. Le cratère immense et verdoyant du Diamond Head, un volcan éteint, était tapi tel un dragon endormi à la lisière d'Honolulu, entre nous et la mer.

Nous atteignîmes vite la maison d'Eliza, une sorte de ranch rouge, bien entretenu, environné de bananiers. Après avoir acquitté la course et pris nos bagages, nous appuyâmes sur la sonnette. Bess et George semblaient épuisées par le périple que nous avions effectué depuis River Heights. Moi, je me sentais en forme, pressée de me mettre à la recherche de Mildred.

La porte s'ouvrit, et une femme s'avança pour nous accueillir. D'environ quarante-cinq ans, elle était très belle, avec de longs et épais cheveux couleur miel, et des yeux bleu-vert pétillants. Mais ce qui attira surtout mon regard, ce fut l'énorme perroquet rouge, vert et bleu qui était perché sur son épaule. Il me regarda d'un air agressif, puis criailla :

— Elle est cool !

— Il parle de moi ou de vous ? fis-je avec un grand sourire.

— De moi, bien sûr ! répondit la femme. Il adore me chuchoter des douceurs.

— Chuchoter ? releva Bess. Je m'étonne que vous ne soyez pas devenue sourde !

La femme éclata de rire :

— Entrez, mes petites. Comme vous l'avez sûrement deviné, je suis Eliza Bingham, la cousine de Mildred. Et ce gros oiseau est Jack.

— Ne me quitte pas ! cria Jack tandis que nous suivions Eliza dans la spacieuse pièce d'entrée qui faisait office de séjour.

— Nancy, George et Bess, je suppose ? continua Eliza, ignorant le perroquet et nous désignant tour à tour sans se tromper. Ne faites surtout pas attention à ce malotru de Jack. Il coupe la parole à tout le monde !

— C'est ma copine ! clama Jack.

— Et toi, tu es insupportable ! répliqua Eliza. Tu vas directement en prison sans passer par la case départ ! Que je puisse accueillir mes invitées.

Elle fourra Jack dans une énorme cage blanche posée sur une table proche.

Je survolai la pièce du regard. Il y avait partout des cages avec des oiseaux colorés de diverses espèces. Quelques-uns voletaient en liberté, se perchant brièvement sur la tête d'Eliza avant de reprendre leur envol.

— Sortons bavarder dans le *lanai*, suggéra Eliza, désignant une terrasse couverte envahie de plantes tropicales très variées dans des pots assortis. *Lanai* est le mot hawaïen pour véranda, ajouta-t-elle.

Nous prîmes place dans des fauteuils confortables donnant sur le Diamond Head. Eliza nous apporta des jus d'ananas frais et une grande coupe de noix de macadamia. Des oiseaux voltigèrent au-dessus de nous, puis se posèrent sur des branches proches.

— Alors, qu'est-il arrivé à Mildred, à votre avis ? lançai-je, allant droit au but.

Eliza se rembrunit :

— Je l'ignore. Je suis morte d'inquiétude. J'ai vérifié dans tous les hôpitaux, mais sans résultat. Elle a dû disparaître à l'aéroport.

— Qu'est-ce qui vous le fait croire ? m'enquis-je, tout en pensant : « Bizarre, elle n'a pas l'air de se ronger tant que ça. »

— Eh bien, elle a pris l'avion, c'est sûr. Nous en avons la certitude d'après les registres de la compagnie aérienne et les témoignages des passagers. La personne qui était assise à côté d'elle — un certain Jamey Ching — affirme qu'elle est descendue et s'est fondue dans la foule des arrivants. Il est le dernier à l'avoir vue.

— Devait-elle se rendre directement chez vous ?

— Oui. J'avais pris une matinée de congé pour l'accueillir, comme aujourd'hui avec vous. Ce qui ne me dérange pas du tout, bien sûr ! acheva vivement Eliza.

Bess demanda :

— Savez-vous si elle a loué une voiture ?

— Elle comptait venir ici en taxi. Je lui avais indiqué qu'elle pourrait se servir de ma voiture de dépannage pendant son séjour. Au fait, cette voiture est à votre disposition, Nancy. C'est une berline rouge.

— Merci, Eliza ! dis-je avec reconnaissance. Je profiterai peut-être de votre proposition. Donc, la police sait que Mildred a disparu ?

Un instant distraite par deux petits oiseaux, venus se percher au bord de son verre de jus de fruits pour en inspecter le contenu, Eliza finit par répondre avec quelque agacement :

— J'ai alerté la police, bien sûr. Mais ils ont l'air de prendre mes inquiétudes à la légère. Ils ne traitent pas cette affaire avec le sérieux qu'elle mérite !

Elle soupira. Puis, un oiseau perché sur

chaque épaule, elle nous fit part de son adoration pour Mildred, cousine bien plus âgée qu'elle.

— Elle était si gentille avec moi lorsque j'étais petite ! Aujourd'hui encore, elle me soutient, elle est généreuse. Savez-vous que nous avons vingt-huit ans de différence ? Mais cela n'a jamais été une gêne dans notre relation. J'ai toujours eu l'impression de pouvoir tout lui confier. S'il lui était arrivé quelque chose…

La voix d'Eliza se brisa, et elle conclut en hochant la tête :

— Je me sentirais si seule…

— Êtes-vous fille unique ? lui demanda Bess avec sympathie.

— Oui. Et Mildred aussi. Nos parents sont morts — ce qui n'a rien de surprenant dans le cas de Mildred puisqu'elle a plus de soixante-dix ans. Après le décès de mes parents, il ne restait plus que nous.

— Mais qu'a-t-il bien pu lui arriver ? s'interrogea George, l'air intrigué. Est-il vraiment possible de s'évanouir dans la nature entre l'aéroport et ici ?

— Apparemment, lâcha Eliza.

Ces mots furent suivis d'un silence. Puis Eliza posa son verre sur un plateau, et annonça :

— Il faut que je me sauve. J'ai promis à mon patron d'être là après le déjeuner.

— Où travaillez-vous ? s'enquit Bess.

— Je suis chercheur en botanique dans un laboratoire de cosmétiques du centre-ville. Il y a beaucoup de travail, mais mon boss comprend que Mildred ait la priorité. Malheureusement, il ne sera pas indéfiniment de cet avis... Je suis contente que tu sois venue m'aider à la retrouver, Nancy ! Bon, mettez-vous à l'aise, les filles. Je serai de retour à six heures. Oh, au fait, les clés de la berline sont sur la table de la cuisine. Sentez-vous libres de vous en servir à votre guise.

— Merci, Eliza, déclarai-je. Nous allons nous mettre très vite à la recherche de Mildred.

Dès qu'Eliza eut refermé la porte, Bess s'affala sur le canapé du *lanai*.

— Désolée de manquer d'énergie, les filles, mais j'encaisse mal le décalage horaire. Une petite sieste me fera du bien. Après ça, je serai une assistante détective plus incisive !

— Repose-toi tant que tu voudras, lui dis-je. Pendant ce temps, je fouillerai la maison avec George.

Cette dernière parut surprise :

— Nancy ! Soupçonnes-tu Eliza ?

— Cela se pourrait, lui dis-je alors que nous passions dans le séjour pour laisser dormir Bess. Il n'y a que ses déclarations pour attester la disparition de Mildred. Si elle était allée la chercher à l'aéroport et la retenait en otage, ou quelque chose dans ce genre-là ?

– Il y a peu de chances ! commenta George, dubitative.

– C'est sûr. Mais en tant que détective, je ne dois rien tenir pour acquis, même l'honnêteté d'Eliza. Alors, tu vas explorer sa chambre pendant que je jetterai un coup d'œil ici.

Fouiller les affaires de cette femme charmante me faisait horreur – mais l'enquête l'exigeait !

La maison était petite et peu encombrée, exception faite des oiseaux et des plantes. La chambre d'Eliza, notre chambre d'amis, la cuisine ensoleillée et la véranda donnaient toutes dans le spacieux séjour ; un garage et une remise en entresol apportaient un espace supplémentaire. Cinq minutes seulement après le début des recherches, George poussa un cri d'excitation :

– Nancy, viens voir !

Debout devant le placard d'Eliza, elle tenait une robe rose sans manches, ornée d'un motif de figures géométriques en noir et blanc.

– Regarde, me dit-elle en désignant une étiquette, au dos. Mildred a dû venir ici ! Eliza nous a menti.

J'examinai la robe et l'étiquette. En effet, le nom de Mildred y figurait au feutre indélébile – sans doute pour une identification plus facile lors du nettoyage à sec. Cela signifiait-il qu'Eliza était une menteuse ? Je scrutai la pièce du regard, en quête d'autres indices.

– As-tu fouillé les tiroirs, George ?

– Seulement ceux de la commode. Je n'ai pas encore regardé dans la table de nuit.

L'unique tiroir du chevet m'apporta tout ce dont j'avais besoin : à l'intérieur, au milieu d'un amas de stylos et de factures, reposait un journal intime relié de velours vert. Je le pris avec des doigts frémissants d'excitation et l'ouvris au hasard.

Remontant à une trentaine d'années, le passage ne corroborait guère la relation amicale qu'Eliza prétendait avoir avec sa cousine. « Mildred est une horrible snob », avait écrit Eliza en grands caractères nets, en dessinant des visages souriants dans les lettres O. « Chaque fois qu'elle vient nous voir, elle fait sa mademoiselle je-sais-tout. Et mes parents l'ADORENT alors qu'elle me régente comme si j'étais une gamine. Elle n'a pas l'air d'avoir compris que j'ai déjà quinze ans ! Quelquefois, j'aimerais qu'elle disparaisse. *De la surface de la terre*, je veux dire ! »

La porte d'entrée claqua, et une voix forte cria :

    — Elle est revenue !

6. Terreur tropicale

George et moi sursautâmes.

– C'est Jack ! lançai-je, captant le regard alarmé de mon amie.

– Qui annonce *Eliza* ! me souffla-t-elle.

Je me hâtai de remettre le journal en place avant de me ruer dans le séjour, mon amie sur mes talons. Mais la blonde que nous y découvrîmes n'était pas Eliza.

– Bess ! Tu nous as fichu une peur bleue ! râla George.

Debout sur le seuil, Bess nous regarda d'un air ensommeillé :

– Comment ça, je vous ai fait peur ?

– Nous pensions que c'était Eliza, expliqua

sa cousine. Jack a hurlé qu'elle était de retour quand on fouinait dans sa chambre. J'ai dans l'idée qu'elle n'aimerait pas ça !

— J'ai juste fait un petit tour après ma sieste. Je… j'avais besoin de m'aérer. Quand je suis rentrée, Jack a braillé.

Je décochai un regard contrarié à Jack. Il posa sur moi ses yeux ronds en me toisant comme si je n'étais qu'un ver de terre.

Nous parlâmes à Bess de la robe et du journal intime.

— Excellent, déclara-t-elle. Vous êtes en veine, les filles. Essayons de dénicher autre chose de plus.

Nous nous faufilâmes dans la chambre d'Eliza. Une fois encore, je pris le journal et le feuilletai ; mais il ne contenait que des confidences de jeune fille. Rien ne semblait se rattacher à l'époque actuelle. Je le remisai dans son tiroir, et fouillai le reste de la maison avec mes amies, en quête d'indices supplémentaires. La robe mise à part, nous ne trouvâmes aucun autre signe de la présence de Mildred, aucune indication de l'endroit où elle pouvait être. Après avoir rangé, je me laissai tomber sur un fauteuil près du téléphone du séjour, et soulevai le récepteur.

— Je téléphone à la police pour avoir les

dernières nouvelles, annonçai-je. S'ils ont une piste, autant que nous la suivions aussi.

Mais ma brève conversation avec l'officier Pamela Kona ne m'apporta pas le moindre soutien. Les policiers n'avaient pas plus d'informations que nous – ou alors, ils se gardaient de les divulguer. Eliza avait raison : ils ne semblaient pas se préoccuper particulièrement de Mildred. Pamela Kona m'assura qu'elle veillait à l'affaire avec ses collègues, mais qu'ils ne pourraient pas grand-chose tant qu'ils seraient privés d'indices.

Je sais bien que ce n'est pas le cas ! Il y a *toujours* moyen de trouver un fil conducteur si on s'y efforce avec assez d'obstination – et j'étais résolue à trouver Mildred !

Quelques secondes après que j'aie raccroché, le téléphone sonna. Je tressaillis, ainsi que mes amies ; puis, échangeant un regard avec elles, je répondis.

— Salut. Ici Eliza. C'est toi, Nancy ?

— Oui. Salut, Eliza.

— J'aimerais vous inviter dans un restaurant de poissons, ce soir, après ma sortie du travail. Ça vous tente ?... Alors, je te donne les indications pour aller au Marsouin bleu.

J'en pris note, et remerciai Eliza de sa proposition avant de raccrocher. Elle était si généreuse et si accueillante que j'avais presque honte de la soupçonner. Mais, me rappelant la robe et le journal, je refoulai mon mouvement de sympathie. Mildred avait la priorité ! Si je laissais mes émotions entacher mon jugement, nous n'arriverions à rien dans cette affaire !

Bess et George parurent ravies de l'invitation.

— Mais à quoi va-t-on s'occuper d'ici là ? s'interrogea Bess.

— Si on faisait comme tout le monde ici, de la plongée sous-marine ou du surf ? proposa George. On a tiré tout le parti qu'il y avait à tirer de cette maison. Autant se détendre un peu tant qu'on en a l'occasion !

Personnellement, je n'étais pas chaude pour suspendre l'enquête ! Mais George avait raison : en attendant de pouvoir interroger Eliza sur la robe, nous ferions bien de prendre un peu de bon temps. Après tout, Hawaï était connue pour la qualité de ses sports nautiques, et me donner de l'exercice aiguiserait mes facultés !

Le temps était idéal. Une fois sur la plage de Hanauma Bay, juste à l'orée d'Honolulu, nous nous engageâmes dans l'eau d'un bleu pur avec nos palmes et nos masques de location.

Plongeant sous la surface, nous fûmes transportées dans un autre monde. Des poissons tropicaux divers et bariolés nageaient rapidement en tous sens. Le soleil, filtrant dans l'eau, mettait l'accent sur les oranges, les jaunes, les bleus et les violets éclatants des innombrables créatures marines dont le *reef*, le récif, était le royaume. De retour chez Eliza, nous étions plus détendues et plus fraîches. Après nous être douchées et habillées, nous prîmes la berline et, suivant les indications d'Eliza, nous nous rendîmes au Marsouin bleu.

Une heure plus tard, nous étions attablées au calme, sous un toit de chaume, tandis que le soleil commençait à décliner sur la plage.

– Je vous recommande le mahimahi, nous dit Eliza une fois que nous eûmes siroté l'apéritif. Ce poisson hawaïen est délicieux. Mmm ! Je vois qu'ils l'ont cuisiné avec une sauce spéciale au coco et aux agrumes !

Nous suivîmes sa suggestion. Puis, après avoir brièvement évoqué notre petite équipée sous-marine, j'en vins à notre affaire :

– Je me suis entretenue avec l'officier de police Pamela Kona pour savoir si elle avait du nouveau. Vous avez raison, Eliza, ils ne semblent pas très préoccupés par la disparition de Mildred ! Mais j'ai une question à vous poser.

Eliza me regarda avec des yeux verts

candides. Mon estomac se noua. Elle ne serait plus aussi amicale lorsque j'aurais parlé... Et puis, comment aurais-je osé aborder le fait d'avoir espionné dans son journal ? Il était déjà assez difficile d'expliquer comment nous avions trouvé la robe de Mildred dans son armoire !

– Oui, que veux-tu savoir, Nancy ?

Je commençai d'un ton dégagé :

– Il y a une robe dans votre armoire... rose à motifs noirs et... avec le nom de Mildred dessus. Votre cousine a-t-elle pu venir chez vous à votre insu ?

Eliza plissa les paupières, et elle se figea, soudain aussi réfrigérante qu'une averse de grêle en plein mois d'août.

– Pourquoi as-tu fouillé dans mon armoire ? demanda-t-elle, glaciale.

– Euh, je cherchais des draps de bain, mentis-je. Vous savez, pour la plongée.

– Et tu as vérifié les étiquettes de toutes mes robes ?

– Celle-là a glissé de son cintre lorsque j'ai écarté les habits, me hâtai-je d'improviser. Je pensais qu'il pouvait y avoir des serviettes sur les étagères latérales qui étaient partiellement cachées par les vêtements. Votre robe est tombée à la suite d'un faux mouvement, et je n'allais quand même pas la laisser par terre ! Forcément, j'ai remarqué le nom de Mildred sur l'étiquette quand je l'ai remise en place.

— *Forcément*, ironisa Eliza.

Mais le doute perça dans son regard, et son expression hostile s'adoucit tandis qu'elle ajoutait :

— Ma foi, l'explication tient debout, je suppose.

— Donc, il semble que Mildred est venue chez vous, insistai-je. Peut-être lorsque vous étiez au travail ?

Mes paroles demeurèrent suspendues dans l'air tandis qu'Eliza se ressaisissait. Tel un oiseau qui s'ébroue tout en continuant à guetter du coin de l'œil un chat éventuel, elle se mit à expliquer :

— Mildred m'a fait cadeau de cette robe au cours d'un séjour ici. Elle me plaisait beaucoup, et je lui en avais fait part. Un soir, après l'avoir portée dans une fête, elle me l'a donnée dans un mouvement d'humeur.

— C'est-à-dire ? fit Bess.

— Elle a proclamé que c'était parce que je la gavais de noix de macadamia que sa robe était devenue étriquée. Ça l'agaçait qu'elle ne lui aille plus aussi bien qu'avant.

— C'était très généreux de sa part, Eliza,

énonça George, considérant notre hôtesse avec un regard sceptique.

Je voyais qu'elle ne croyait pas entièrement à cette histoire. Moi non plus.

Eliza répondit avec un haussement d'épaules :

— Mildred ne pouvait plus la mettre. Où est la générosité, là-dedans ?

— Mais vous vous entendiez bien, n'est-ce pas ? demandai-je, surprise par cette réaction critique.

— Bien sûr. Pourquoi ? Écoute, Nancy, si tu ne me crois pas, amène la police chez moi pour relever des empreintes. Tu verras que tes soupçons sont erronés ! Mildred n'a pas mis les pieds à la maison depuis au moins cinq ans !

— Désolée, lâchai-je, me sentant coupable de l'avoir mise sur le gril – après tout, nous étions ses invitées ! Si je vous ai semblé soupçonneuse, Eliza, je le regrette. J'essayais de suivre une piste, et il m'a paru possible que Mildred soit venue chez vous. Puisque vous travaillez dans la journée, vous auriez parfaitement pu ignorer son passage.

— Je te répète que c'est une vieille robe.

— Je vous crois, assurai-je.

Ce n'était pas vraiment le cas, mais je n'avais pas d'autre choix que de jouer le jeu !

Nous achevâmes notre repas dans un silence gêné. Je m'interrogeais. Jusqu'à quel point Eliza était-elle franche avec nous ? Quels étaient ses sentiments réels envers sa cousine aujourd'hui, à l'âge adulte ?

— En tout cas, reprit Eliza après avoir vidé son assiette, je crois savoir ce qui est arrivé à Mildred. Plus j'y réfléchis, plus je suis convaincue que ma théorie est juste.

— Et que s'est-il produit, selon vous ? m'enquis-je.

— Sa disparition est due à un phénomène surnaturel. C'est la seule explication.

Je la scrutai avec attention. N'y avait-il pas l'ombre d'un sourire au coin de sa bouche ? Car elle plaisantait forcément !

— Ben voyons ! fit George en levant les yeux au ciel.

— Ne te moque pas de moi ! s'échauffa Eliza. Je suis sérieuse.

— Il va falloir nous expliquer ce que vous entendez par *phénomène surnaturel*, suggérai-je. Mais tout d'abord, merci pour ce dîner. Il était excellent !

— Tant mieux, dit Eliza en réclamant la note. Si nous rentrions prendre un dessert ? J'ai confectionné une tarte à la mangue, ce matin. Et puis, je n'ai pas très envie que les clients m'entendent parler de fantômes. On va me croire folle.

Le temps que nous arrivions à la maison, Eliza était redevenue très gaie. J'espérai avec ferveur qu'elle avait oublié sa rancune, et qu'elle ne se fermerait pas comme une huître sans nous livrer d'informations.

— Il y a de la crème fouettée pour accompagnement, et un décaféiné hawaïen très parfumé, annonça-t-elle en s'affairant dans la cuisine.

Lorsqu'elle eut découpé les parts de tarte et préparé le café, nous la suivîmes sur le *lanai*. Les lumières de la ville scintillaient en contrebas, dans les ténèbres nocturnes. Nous nous attaquâmes à notre dessert.

Le visage de Bess s'éclaira dès la première bouchée. La tarte était en effet délicieuse.

— Alors, Eliza, fis-je après un soupir de satisfaction, que voulez-vous dire en prétendant que c'est un phénomène paranormal qui est la cause de la disparition de Mildred ?

Eliza se rembrunit.

— Nancy, je t'en prie ! Il est tard. Je suis fatiguée. J'ai une journée de travail, demain. Je ne suis pas d'humeur à discuter, et surtout pas de Mildred. Cette situation est très dure à vivre pour moi.

J'échangeai un regard de frustration avec mes amies. Puis je plaidai :

– Nous voulons vous aider à retrouver Mildred, Eliza ! Ça sert de parler de l'affaire.

– Pas maintenant, soutint-elle d'un air buté.

Elle se leva pour ramasser les assiettes, en ajoutant :

– Occupons-nous plutôt de préparer vos lits.

Je soupirai. De toute évidence, elle ne céderait pas.

Un moment plus tard, alors que nous nous glissions dans nos couches respectives de la spacieuse chambre d'amis, Bess déclara :

– Eliza est un véritable caméléon ! On ne peut jamais prédire son humeur. Elle passe sans crier gare de la cordialité à la distance, de la colère au contentement. À mon avis, elle cache quelque chose.

– Oui, lâcha George. Ce ne serait pas Mildred, par hasard ?

Là-dessus, nous sombrâmes toutes les trois dans un sommeil troublé.

Une cloche tintait dans une tour lointaine. Je devais franchir un long couloir ténébreux pour l'arrêter, mais mes jambes refusaient de bouger. Or, un désastre aurait lieu, si je n'arrivais pas à temps. Je réussis enfin à courir, pour sombrer aussitôt dans un océan cotonneux. Le tintement s'arrêta.

Il y eut un craquement, et j'ouvris les yeux. Mon rêve assaillit aussitôt ma mémoire. Combien de temps s'était-il écoulé depuis ? J'avais l'impression d'avoir passé des heures dans la mer cotonneuse, l'esprit vidé de souvenirs et de pensées. Mon regard se posa sur le cadran lumineux du réveil posé sur le chevet : trois heures du matin.

Au-delà de la porte de la chambre, le parquet crissa. Ce devait être ça qui m'avait réveillée ! Je bondis hors du lit et, pieds nus, sans faire plus de bruit qu'un chat, je gagnai la porte à pas de loup et l'entrouvris pour jeter un coup d'œil.

Jack, dans sa cage recouverte d'un linge sombre, dormait paisiblement. Mais il y avait bel et bien une autre présence – une ombre se dessinait sur le mur du fond.

J'avançai dans le séjour.

Une silhouette à cheveux longs, en chandail et chemise de nuit blanche, y errait, ses doigts soulevant des objets et les remettant en place comme dans un état second. Elle se tourna vers moi, son regard brillant au clair de lune.

Eliza !

J'accourus vers elle, mais ne pus réprimer un

mouvement de recul sous l'effet du choc. Sa chemise de nuit était maculée de boue – et son visage lacéré de griffures sanglantes !

– J'étais partie à la recherche de Mildred, chuchota-t-elle. J'ai échappé de justesse à une armée de fantômes.

7. Message angoissé

Une armée de fantômes ? Eliza se fichait de moi ! Je l'examinai avec attention. Elle portait par-dessus sa chemise de nuit un pull gris et des bottes de randonnée maculées de terre rouge. Les égratignures de son visage étaient en zigzags, comme si des aubépines l'avaient fouettée au hasard, sûrement pas des fantômes munis de couteaux ! Croyait-elle véritablement qu'elle avait été attaquée par des esprits ?

— Comment ça, « une armée de fantômes » ? demandai-je. Que voulez-vous dire ?

— Il me semble que c'est assez clair, répondit-elle, les mâchoires serrées.

— Je vais vous apporter à boire, suggérai-je, me dirigeant vers la cuisine.

Je trouvai de la tisane à la camomille dans un placard, et, quelques instants plus tard, je lui tendais une tasse fumante. Puis, doucement, je lavai son visage et tamponnai ses égratignures avec de l'eau oxygénée. Enfin, je m'assis face à elle à la table de la cuisine.

— Je veux savoir tout ce que vous avez fait ce soir, de A à Z.

— Oh, Nancy ! J'ai eu si peur ! As-tu entendu parler des *Night Marchers* ?

Comme je hochais la tête, elle continua :

— Tu sais que Mildred venait à Hawaï pour se documenter à leur sujet, je suppose. Ed et Harriet ont dû évoquer son livre. Quoi qu'il en soit, je pense que sa disparition est en rapport avec ça !

Après avoir gardé un silence lugubre, plus tôt dans la soirée, Eliza semblait maintenant emportée par un flot de paroles, ce qui me convenait très bien. Elle allait peut-être m'apprendre enfin quelque chose ! Au stade où j'en étais, j'étais prête à saisir n'importe quel fil à suivre, si mince fût-il. Mildred était quelque part là-dehors, frigorifiée peut-être, et effrayée. Je doutais que ses vieux os puissent supporter une longue errance. Or, il y avait bientôt trois jours qu'elle n'avait donné signe de vie !

— D'après vous, ce sont les recherches de

Mildred qui ont provoqué sa disparition, c'est bien ça?

D'une voix presque inaudible, comme si elle demeurait terrorisée, Eliza répondit:

— Eh bien, le temps était beau lorsque Mildred a débarqué à l'aéroport; alors j'ai dans l'idée qu'elle a fait un détour en venant ici, sans le dire à personne — le chauffeur de taxi excepté, évidemment.

— Un détour? Mais pour aller où?

— Dans le secteur de la route de Pali, où se rassemblent les *Night Marchers*. C'est là que je les ai vus cette nuit! Cet endroit se trouve à quelques minutes d'Honolulu, et Mildred est très impulsive, alors, c'est plausible.

— Cela cadre avec le portrait que m'en ont fait Ed et Harriet. Ils affirment qu'elle a un tempérament aventureux.

— C'est de famille, Nancy, déclara Eliza. En tout cas, je crois que Mildred est allée là-bas et qu'elle est tombée sur des fantômes.

— Il faisait jour, à son arrivée. Je croyais que ces fantômes ne sortaient que la nuit. Sinon, on les appellerait les *Day Marchers* — les « Marcheurs diurnes », dis-je avec un sourire en coin.

— Il n'y a pas de quoi plaisanter, Nancy! affirma Eliza d'un air grave. Ces esprits sont dangereux ! Tu dois les prendre au sérieux. Mais ton observation est juste : Mildred est arrivée en plein jour, à un moment où les *Night Marchers* n'auraient pas dû poser de problème.

J'examinai longuement le visage intense d'Eliza. En dépit de ses lacérations, elle était belle ; elle évoquait les demoiselles en détresse du Moyen Âge, telles qu'on les décrit dans les romans.

— Vous croyez vraiment au mythe des *Night Marchers*, n'est-ce pas ? Je n'ai pas l'impression que vous simulez, Eliza.

— Bien sûr que j'y crois ! Je les ai *vus* !

— Soit, j'admets que vous êtes sincère. Mais, personnellement, je me base sur des preuves tangibles, pas sur des fables. Il n'y a rien de concret dans une légende ! On ne peut pas la prouver.

— Tu dois me croire sur parole : les *Night Marchers* existent !

— Alors, montrez-les-moi. Vous avez cité la route de Pali. Allons-y ! fis-je en me levant de ma chaise.

Eliza tressaillit, et répandit une partie de sa tisane avant de poser sa tasse sur la table.

— Es-tu *folle* ? s'exclama-t-elle. Il est impossible que je t'emmène là-bas maintenant ! C'est beaucoup trop dangereux ! J'ai échappé de justesse aux *Night Marchers*, ce soir. Je ne tiens pas à tenter une deuxième fois le mauvais sort.

— Eliza, la situation est simple : comment pourriez-vous me persuader que des fantômes ont emporté Mildred si vous ne pouvez pas démontrer leur existence ?

Elle m'adressa un regard implorant :

— Nancy, tu dois me croire !

— Si ces fantômes sont réels, alors, c'est le moment idéal pour en apporter la preuve. Puisque vous prétendez qu'ils sortent la nuit et que vous les avez vus !

Eliza avait elle-même l'air d'un fantôme : elle était si pâle !

— Très bien, céda-t-elle à contrecœur. La piste est proche de la route de Pali. Il pleuvait, tout à l'heure. Si l'averse s'est arrêtée, je t'y emmène.

— Parfait ! m'écriai-je, n'y tenant pas d'impatience.

— Laissons un mot à Bess et à George ! Nous devons leur expliquer où nous nous rendons par mesure de précaution. Comme ça, elles sauront où retrouver nos corps lorsque les *Night Marchers* en auront fini avec nous.

— Je n'ai aucune intention de les laisser m'avoir, affirmai-je. Mais c'est une bonne idée de mettre un mot à Bess et à George : elles ne s'affoleront pas, si elles se réveillent en pleine nuit et s'aperçoivent que nous ne sommes plus là.

Après avoir placé le mot, nous nous habillâmes et je mis des bottes de randonnée. Puis nous partîmes dans la jolie décapotable noire d'Eliza. Comme il ne pleuvait plus, elle abaissa le toit, et nous roulâmes rapidement dans les rues désertes d'Honolulu.

— La route de Pali va jusqu'à la côte nord d'Oahu, m'expliqua Eliza.

Nous étions déjà loin de la ville, et descendions une route étroite bordée de part et d'autre par des crêtes volcaniques.

— Je connais cette côte par les films de surf, dis-je.

— Elle est très courue des surfeurs à cause des vagues géantes venues du nord. De plus, ce coin est plus sauvage que le secteur d'Honolulu.

Nous traversâmes à toute vitesse un tunnel ; environ cinq cents mètres plus loin, Eliza ralentit et s'engagea dans une aire de repos.

— Nous y sommes, Nancy. Tu es sûre de vouloir continuer ?

— Certaine.

Je descendis de voiture et, à la lumière des phares, je repérai sur notre gauche une piste se faufilant dans l'épaisse végétation. Eliza coupa le moteur, nous plongeant dans le noir total.

Puis un brusque éclat de lumière me fit cligner des yeux. Eliza venait d'allumer une torche électrique.

— Tiens, Nancy, me dit-elle en me tendant une deuxième torche. Tu en auras besoin.

— Merci, Eliza. Vous êtes prête ?

— Je ne sais vraiment pas si je peux tenter une aventure pareille. Nous sommes condamnées, Nancy, dit-elle d'une voix terrorisée. Autant que tu y ailles sans moi.

Elle tremblait. Doutant qu'elle fût capable d'emprunter la piste, je voulus tenter de lui donner de l'énergie. Il le fallait ! J'avais déjà résolu de continuer seule, de toute façon. Mais cette perspective ne m'enchantait pas !

— Vous êtes déjà venue ici tout à l'heure, dis-je avec allant. Toute seule ! Ce qui était vraiment courageux ! Forcément, ça vous a paru dur ! Mais là, je suis avec vous ! Ce sera beaucoup plus facile.

Elle me décocha un regard incertain. Son attitude farouche différait tellement de l'assurance qu'elle avait manifestée à notre arrivée !

— Et puis, il faut bien que vous me montriez *où* vous avez vu ces fantômes, ajoutai-je.

Elle prit une profonde inspiration :

— Très bien, Nancy. Je ne me le pardonnerais jamais, si je t'abandonnais à ces apparitions effroyables. Mais je suis contente que nous ayons laissé un mot à Bess et à George. Cela me réconforte de savoir que quelqu'un comprendra notre destin, au moins.

Eliza prit la tête, je la suivis. La piste se mua très rapidement en une longue volée de marches escarpée, adossée à la colline comme une échelle. Nous montâmes, et montâmes encore, luttant pour nous « cramponner » à cet escalier sans laisser tomber nos torches. J'entendais au-dessus de moi le souffle saccadé d'Eliza, tandis qu'elle se contraignait à grimper vers le ciel. À un moment donné, je faillis lâcher ma torche, qui manqua s'écraser dans l'abîme végétal dense tapi en dessous de nous. Ses ténèbres semblaient un puits sans fond, plein d'horreurs inconnues. Et, en toute sincérité, si nous étions tombées, nous nous serions grièvement blessées. L'entrelacs d'arbres, broussailles et roches volcaniques au-dessus duquel s'élevait l'escalier n'aurait certes pas été d'un accueil moelleux !

— Aïe ! m'écriai-je, car Eliza venait de marcher sur ma main.

— Désolée, Nancy ! haleta-t-elle. J'ai dû faire une pause. N'oublie pas que c'est ma deuxième ascension, ce soir. Est-ce que ça va ?

— Pas de problème. Je vous suis très reconnaissante d'avoir accepté de revenir ici.

— Je crois que nous y sommes presque, annonça-t-elle.

En effet, après une dizaine de marches encore, nous nous retrouvâmes sur un chemin de terre pentu, qui serpentait à travers d'immenses arbres tropicaux et des plantes grimpantes. À mesure que nous avancions, je balayais les lieux de part et d'autre avec ma torche, curieuse de voir ce qui m'environnait de près. Des animaux nous observaient-ils depuis les profondeurs ténébreuses ? Des oiseaux de nuit ? La végétation était si dense que nous ne pouvions en aucun cas quitter la piste par mégarde, dans le noir, et nous égarer. Parfois, des branches me giflaient traîtreusement, et les lianes qui descendaient des hauteurs effleuraient ma peau, telles des toiles d'araignée. J'ai beau ne pas croire aux fantômes, mon cœur battait à grands coups sourds. Soudain, Eliza s'immobilisa, et je me heurtai involontairement à elle.

— Pardon, Eliza !

— Nous sommes allées assez loin, Nancy. Il est temps de faire demi-tour.

— Quoi ?

— J'ignore pourquoi les *Night Marchers* ne sont plus là, déclara-t-elle, mais s'ils étaient dehors, nous les aurions déjà vus, maintenant, c'est sûr.

— C'est ici que vous les avez vus tout à l'heure ?

— Dans le noir, il est difficile de préciser exactement. Il n'y a pas de repères sur cette piste, après tout. Mais il me semble que nous leur avons donné tout le temps d'apparaître. Je suis fatiguée, Nancy. La nuit a été longue, je veux rentrer.

Je braquai le faisceau de ma torche aussi près que possible de son visage sans pour autant l'importuner. Même dans l'obscurité, ses yeux brillaient d'une lueur entêtée.

— Je ne crois pas que Mildred ait été enlevée par les *Night Marchers*, Eliza ! Si vous voulez retourner chez vous, soit ! Mais vous ne m'avez pas prouvé qu'ils existent.

— Nancy, c'est absurde ! Ce n'est pas parce que nous ne les avons pas vus qu'ils n'existent pas ! La preuve par la négative, ça ne rime à rien, ajouta-t-elle avec défi.

Je haussai les épaules :

— Je trouve dommage qu'on soit venues jusqu'ici pour renoncer si vite. Il ne me semble pas qu'on est sur cette piste depuis tellement longtemps.

– Moi, j'ai l'impression que ça fait une éternité, me répliqua-t-elle.

Elle vit le regard résolu que je lui décochai, et baissa les yeux.

– Écoutez, Eliza, nous ignorons tout du sort de votre cousine. Si vous avez traversé une épreuve, cette nuit, alors que dire de Mildred ! Il faut qu'on la retrouve !

Eliza soupira :

– Eh bien, si tu insistes, Nancy, je connais un autre endroit où pourraient se trouver les *Night Marchers*. Mais il faut y aller en voiture.

– Parfait ! Je savais que vous vous ressaisiriez pour Mildred. Où faut-il se rendre ?

– Pas très loin, à environ un quart d'heure de route. C'est un ancien lieu de cérémonie hawaïen sur une falaise de la côte nord. Selon la légende, trois marins britanniques y ont été sacrifiés voici deux siècles.

Écarquillant les yeux de façon théâtrale, Eliza précisa :

– Des sacrifices humains, tu comprends.

– Oui. Quelle horreur ! Est-ce que les marins avaient attaqué les Hawaïens, ou bien se sont-ils juste trouvés au mauvais endroit au mauvais moment ?

– Je l'ignore, Nancy. Je n'ai visité ce site qu'une fois, et je ne me souviens pas des détails. Quoi qu'il en soit, veux-tu aller là-bas, ou pas ?

– Bien sûr que oui ! Le plus tôt sera le mieux !

Je perdis la notion du temps pendant la pénible équipée du retour dans le noir jusqu'à la voiture ; mais, une fois que nous fûmes sur l'asphalte, la prédiction d'Eliza s'avéra juste. Au bout d'une dizaine de minutes, elle tourna à gauche, sur une voie qui longeait la plage. Encore cinq minutes, et nous atteignîmes un étroit chemin de terre qui serpentait à travers la jungle, sur une colline escarpée. Tout à coup, nous fûmes sur la falaise. Sur la colline où les malheureux marins britanniques avaient soi-disant rencontré leur destin.

– Nous y voici, dit Eliza en coupant le moteur. Je ne vois pas de *Night Marchers*. On ferait mieux de rentrer, Nancy.

Je bondis de la voiture sans même lui répondre. Fantômes ou pas, cet endroit était inouï ! En dessous de nous, le Pacifique étalait sa toile aussi immense que celle du ciel, surmontée de petites crêtes où se jouait le clair de lune. Même depuis ce plateau surplombant la mer, les vagues semblaient immenses. Le spectacle était extraordinaire – à donner la chair de poule et exaltant à la fois.

Mon regard capta une plaque de cuivre à la mémoire des faits qui s'étaient déroulés là. Elle était à peine lisible dans les semi-ténèbres ; mais je distinguai, sur le terrain, les fondations de pierre qui délimitaient le périmètre de l'ancien site historique.

Ceci était donc la dernière vision des marins anglais…

Je ne pouvais cependant pas rester perdue dans mes pensées bien longtemps. Nous devions retrouver Mildred ! J'allumai ma torche, et balayai les environs avec son faisceau.

Comme Eliza m'avait rejointe, je lui demandai :

— Vous pensez que Mildred aurait pu venir ici de l'aéroport ?

Elle haussa les épaules :

— Ma théorie est qu'elle est allée dans un endroit qu'elle tenait pour un lieu de réunion des *Night Marchers*. Tu comprends, Mildred ne croit pas en eux – c'est une sceptique ; alors, pour elle, y aller en plein jour n'avait pas d'importance. En réalité, elle a pu vouloir en tirer une description du genre d'endroit qu'ils hantaient selon la croyance. Juste pour donner de l'authenticité à son roman.

— Mais si les *Night Marchers* errent sur les

anciens champs de bataille, cela inclut sûrement beaucoup d'endroits à Hawaï !

— Oui, mais les lieux où je t'ai conduite ce soir sont ceux que je connais. Ils étaient cités dans un article de journal sur les mythes hawaïens, et je les ai brièvement décrits au téléphone à Mildred peu avant sa venue. J'essayais de lui rendre service, de l'aider dans ses recherches.

— Mmm. Donc, il est possible qu'elle ait voulu visiter l'un ou l'autre de ces endroits…

— Très possible. Avant d'être emportée par les *Night Marchers*.

J'examinai le site à l'aide de ma torche, scrutant chaque détail en mobilisant toutes les ressources de mon esprit d'investigation. C'est alors que je vis un petit objet blanc, qui voletait entre les pierres des antiques fondations.

Je courus le saisir : c'était un bout de papier griffonné à la hâte. Ça disait : *Au secours ! Les* Night Marchers *sont là ! Mildr...* L'écriture s'interrompait brusquement, comme si celle qui avait tenu la plume n'avait pas eu le temps d'achever.

8. Qui a tenu la plume ?

— Fais voir ! s'écria Eliza, m'ôtant le mot des mains.

Elle le lut, puis leva sur moi un regard triomphant :

— Nancy, j'avais raison ! Mildred a été emportée par les *Night Marchers* ! Tu voulais la preuve de leur existence, eh bien, la voici !

— Ce billet ne prouve rien ! protestai-je alors qu'elle l'agitait sous mon nez. Nous ne savons même pas qui l'a écrit.

— Es-tu aveugle ? Le nom de Mildred est dessus.

J'examinai Eliza. Son visage n'exprimait que du dédain pour mon commentaire. Puis je vis passer quelque chose d'autre dans son expression. Un sentiment de doute sur sa thèse ? De la culpabilité ? Avait-elle pu enlever Mildred et puis « semer » ce mot pour me lancer sur une fausse piste ? Malgré sa crainte des *Night Marchers*, elle m'avait tout de même emmenée jusqu'ici… Et si elle avait joué la comédie ? Si elle avait feint d'avoir repéré les fantômes tout à l'heure alors qu'en réalité, elle avait apporté le billet ?

J'inspectai les vestiges, en quête d'autres indices. Grâce à la pluie nocturne dont Eliza m'avait parlé, le sol était fangeux ; et la boue était d'un rouge sombre, comme celle qui maculait ses bottes et ses vêtements. Elle avait pu chercher sur la première piste un endroit où placer ce bout de papier, conclure qu'elle était trop éloignée et difficile d'accès, et venir ici ensuite. Un tel scénario aurait expliqué à la fois les égratignures et les traces de boue. Un simple faux pas aurait suffi, sur la première piste, pour que les nombreuses feuilles pointues et les lianes coupantes marquent sa figure…

— Eliza, puis-je récupérer le billet ? J'en ai besoin, comme preuve.

Je voulais comparer cette écriture à celle de son journal intime, mais je me gardai de le lui dire !

– Oh, oui, bien sûr, fit Eliza en fourrant le mot dans ma main. Je suis tellement soulagée qu'on ait enfin un indice !

– Moi aussi.

Nous remontâmes en voiture. Mais l'humeur triomphante d'Eliza changea rapidement. À peine eut-elle mis le contact qu'elle appuya sa tête contre le volant.

– Mildred doit être morte ! gémit-elle. Je suis trop bouleversée pour conduire.

Je l'étreignis. Malgré mes soupçons, je devais lui accorder le bénéfice du doute – du moins, tant que je n'aurais pas découvert d'autres indices contre elle.

– C'est moi qui vais conduire, proposai-je. Et ne vous inquiétez pas, Eliza ! Je suis persuadée que Mildred est vivante. J'ai un plan pour la retrouver.

Elle ne parut même pas m'entendre.

– Nancy, sur le coup, j'ai été contente que tu aies trouvé ce mot, il renforce ma croyance dans les *Night Marchers* et ma théorie selon laquelle Mildred est tombée entre leurs mains. Mais il signifie aussi que je ne la reverrai plus !

– Si, vous la reverrez ! Nous devons juste nous obstiner dans nos recherches.

Eliza tourna vers moi un visage sillonné de larmes :

— Oh, Nancy, j'avais raison ! Cette pauvre Mildred a été tuée par les *Night Marchers* ! Si seulement elle avait choisi un autre sujet pour son roman policier ! Elle serait toujours vivante, maintenant...

Je pris une profonde inspiration. Assez argumenté pour cette nuit, pensai-je. Comme le ciel commençait à s'éclaircir à l'est, je pris le chemin du retour en me repliant sur mes pensées.

Le soleil filtrait par les volets. J'ouvris les yeux. George et Bess étaient penchées sur moi.

— Enfin, te voilà réveillée ! s'exclama George. Comment peux-tu dormir à poings fermés avec tout ce boucan ?

En effet, la maison résonnait de chants d'oiseaux, de criaillements, d'appels suraigus à percer les tympans. Je n'aurais peut-être pas trouvé ces bruits aussi effroyables si j'avais eu une bonne nuit de sommeil. Justement, à propos de la nuit...

— Eliza est là ? m'enquis-je, bondissant hors du lit.

Si elle était partie, j'allais comparer l'écriture du billet à celle du journal, et fissa !

— Elle achève son petit déjeuner, m'apprit

Bess, rembrunie. Elle semble réellement bouleversée, mais elle refuse de nous dire pourquoi.

Je pris dans mon sac un tee-shirt et un short. Une fois vêtue, je courus rejoindre Eliza à la cuisine.

— Bonjour ! Comment vous sentez-vous ? lui demandai-je.

Mais la réponse s'imposait d'elle-même. Eliza fixait d'un air morose son bol intact de céréales. Elle se décida à en avaler une petite bouchée. Enfin, laissant tomber sa cuillère dans un cliquetis, elle se mit à errer dans la pièce, les cheveux défaits, son chemisier boutonné de travers.

— Où sont mes clés ? gémit-elle. Je ne les trouve nulle part ! Ah, les voilà ! Sur le plan de travail de la cuisine.

Elle fondit dessus comme un oiseau sur un ver. Puis :

— Nancy, désolée mais je ne peux pas parler, je suis en retard au travail. Et je n'arrête pas de penser à Mildred.

— Eliza, calmez-vous ! Je vous ai dit que je suis résolue à la retrouver.

— Mais tu ne comprends donc pas ? Il est trop tard, Nancy ! Tu ferais aussi bien de rentrer chez toi ! Bon, on se voit plus tard… enfin, si tu décides de rester…

Elle se précipita vers le seuil et le franchit, accompagnée de battements d'ailes et d'un tintement de clés, sans songer à rentrer les pans de son chemisier.

Dès qu'elle fut sortie, la cacophonie s'accrut.

— Elle est partie ! criailla Jack.

Je tentai de le calmer en lui parlant avec douceur, à voix basse. Au bout de quelques instants, les oiseaux s'apaisèrent enfin. George, Bess et moi nous affalâmes sur le canapé du séjour, sirotant notre café matinal.

— Qu'est-ce qu'elle a aujourd'hui, Eliza ? s'interrogea Bess. Hier, elle semblait si calme et si organisée ! Et sa tenue était impeccable.

Je racontai alors notre équipée nocturne. Bess écarquilla les yeux. George s'empressa de lui lancer avec un dédain railleur :

— Les fantômes, ça n'existe pas, je te le rappelle !

Bess lui décocha un regard noir :

— Je n'ai pas peur des fantômes. Du petit mot, oui. Si Mildred en est vraiment l'auteur, il a dû lui arriver quelque chose d'horrible ! Et je sais que les esprits n'ont rien à y voir, George, inutile de persifler !

Je tirai le bout de papier de la poche de mon tee-shirt :

– Le voici, les filles. Examinons-le bien, et dites-moi ce que vous en pensez. J'aimerais avoir des avis sans préjugés, et basés sur la logique.

– Donc, celui d'Eliza est illogique ? fit George avec un sourire.

– Elle est cool ! cria Jack, nous faisant tressaillir toutes les trois.

– Chuut ! le gronda Bess, tandis qu'il nous regardait d'un air irrité depuis sa cage.

Nous scrutâmes le billet.

– Il se peut que Mildred l'ait écrit en prenant une bande de voleurs pour des fantômes, suggéra George.

Bess soupira avec une mine sombre :

– J'espère que non !

J'approuvai. Nous devions envisager toutes les possibilités ; mais celle-là me déplaisait plus que toute autre. Car, si Mildred avait été attaquée par des bandits, où était-elle, maintenant ? Pourrions-nous jamais la retrouver ?

George reprit :

– Évidemment, quelqu'un d'autre a pu écrire le billet. Son agresseur par exemple, pour brouiller les pistes.

– Possible, fis-je en haussant les épaules. Il est envisageable qu'on l'ait enlevée à l'aéroport, et que l'auteur du kidnapping ait laissé

traîner ce billet exprès pour détourner les soupçons.

— Ou alors, continua George, Mildred a fait
un détour par le site en se rendant chez Eliza.
Là, elle a fait une mauvaise rencontre.

— Jusqu'à quel point est-il plausible que
Mildred se soit rendue là-bas après sa descente
d'avion ? raisonna Bess. Elle devait être fatiguée par le voyage ; et elle savait qu'Eliza l'at-
tendait.

— Il est sûr que la théorie du détour est tirée
par les cheveux, admis-je. Mais elle n'est pas
invraisemblable. D'autant que Mildred est,
paraît-il, une sorte d'excentrique. Il se peut
qu'elle ait été tout excitée de débarquer à
Hawaï après son long voyage, et impatiente
d'entreprendre son travail de documentation.
Elle s'est peut-être dit qu'Eliza ne se formali-
serait pas si elle la faisait patienter une demi-
heure de plus.

— Oui, approuva George. Selon Ed, elle est
d'un naturel distrait. Si elle était obnubilée par
son projet, elle a très bien pu oublier tout le
reste.

— Je connais ça, fis-je avec un large sourire.

Puis, me remémorant ma première intention :

— Bon, puisqu'Eliza est sortie, nous
pouvons comparer son écriture à celle du billet.

— Tu crois vraiment qu'elle pourrait l'avoir écrit ? s'enquit Bess.

— Nous verrons.

Mes amies me suivirent dans la chambre d'Eliza, me regardèrent prendre le journal et l'ouvrir à une page au hasard. Un instant, nous considérâmes les deux écritures.

— Rien à voir, décrétai-je finalement.

Et c'était vrai : la fine écriture d'Eliza, en pattes de mouche, n'avait rien de commun avec la grande écriture ronde, hardie, du billet.

Soudain, je tressaillis. Je venais de prendre garde au sens des mots qui s'alignaient sur la page :

Enterrement de papy, aujourd'hui — très triste, avait écrit Eliza. *Si seulement il n'y avait pas Mildred et compagnie ! J'hériterais de tout son argent !*

9. Terreur sous-marine

— Elle a un mobile! s'exclama Bess en bondissant d'excitation. Tu avais raison de la soupçonner, Nancy!

Je refermai le journal. Les indices s'accumulaient contre Eliza, c'était clair; mais il me fallait quelque chose de plus, quelque chose de décisif! Et je devais envisager les autres suspects possibles, pour le cas où mon intuition aurait été fausse. Une chose était sûre, cependant: Eliza, qui avait l'air d'un ange, n'en était pas un!

Remettant le journal en place dans le tiroir, je déclarai:

— Je dois joindre Ed et Harriet pour qu'ils me télécopient quelque chose.

Je me précipitai dans le living, où j'avais repéré un fax sur le bureau de notre hôtesse.

— Tu vas les mettre au courant pour Eliza ? s'enquit George.

— Tu verras bien.

Je sortis mon mobile de mon sac, et appelai Crime Time Books.

— Bonjour, c'est vous, Harriet ? fis-je lorsque j'entendis sa voix au bout du fil. Ici Nancy Drew. Pourriez-vous me rendre un service : m'envoyer un échantillon de l'écriture de Mildred, si vous en avez un ?

— Pas de problème, Nancy. Mildred m'a confié ses chats, et elle m'a laissé des instructions manuscrites détaillées à ce sujet. Je t'en envoie tout de suite le fac-similé.

Je lui dictai le numéro de fax d'Eliza. Puis elle me demanda où en était l'affaire.

— On progresse, dis-je laconiquement — elle n'avait pas à en savoir davantage !

Dix minutes plus tard, son envoi arriva. George et Bess se penchèrent par-dessus mon épaule pour comparer comme moi l'écriture de Mildred avec celle du billet que j'avais trouvé.

— Copie conforme ! s'écria Bess. Même si je ne suis pas un expert en ce domaine, cela saute aux yeux.

— Je ne le suis pas non plus, admis-je. Mais

je partage tout à fait ton avis, Bess. Il semble bel et bien que Mildred ait écrit ce mot !

– Que fait-on, maintenant ? demanda George. On avertit la police qu'elle a été enlevée sur le site historique ?

– Nous faisons peut-être erreur. J'aimerais d'abord qu'ils confirment qu'il s'agit de l'écriture de Mildred.

Je fourrai les deux spécimens manuscrits dans mon sac à dos, en ajoutant :

– Et qu'Eliza n'est pas impliquée dans la rédaction du billet. Il se peut que ce soit une excellente faussaire, après tout. Prenons son journal.

Quelques instants plus tard, j'avais ajouté son journal dans mon sac, et déclarais :

– Je crois que tout est prêt. J'espère seulement que nous en aurons fini avant son retour du travail.

Nous téléphonâmes au commissariat pour demander la direction, et prendre un rendez-vous. Une fois sur place, nous présentâmes le journal, le billet et le fax avant d'être admises auprès de l'officier Pamela Kona : une petite femme d'âge moyen, avec des cheveux bruns et courts et une attitude pragmatique.

– Enchantée de vous rencontrer, lui dis-je. Je suis Nancy Drew, une détective qui collabore à l'enquête, et voici mes amies : George Fayne et Bess Marvin.

Elle hocha brièvement la tête, en observant :

— Mme Bingham ne m'avait pas avertie qu'elle avait engagé une détective privée.

— Ce sont des amis de Mildred à San Francisco qui nous ont demandé de la retrouver, expliquai-je. Ils ne pouvaient pas se rendre personnellement à Hawaï à cause de leur travail.

— Eh bien, l'analyse graphologique va demander au moins une heure, souligna l'officier Kona.

— Avez-vous des éléments nouveaux sur l'affaire ? m'enquis-je.

— Je crains que non. Et je doute que notre règlement m'autorise à faire part d'informations confidentielles, jeune fille ! Alors, si vous alliez patienter dans la salle d'attente, ou me rappeliez plus tard pour le rapport de l'expert ?

J'échangeai avec mes amies un regard de frustration. Malgré son attitude décidée, je soupçonnais fortement l'officier Kona de ne pas s'impliquer à fond dans la résolution de l'affaire. Elle la traitait comme un problème routinier, alors que la vie d'une personne était en jeu !

Je poussai un soupir. Que faire en attendant le rapport de l'expert ? Il *fallait* que j'agisse !

Pas question de traîner ici ! Enfin voyons, en ce moment même, Mildred était peut-être coincée quelque part, séquestrée, et nous étions son seul espoir de salut ! Jusqu'ici, Eliza était notre unique suspecte. Il était temps d'élargir le champ des possibilités !

La question était : à qui ?

Je passai en revue dans mon esprit toutes les informations que j'avais recueillies jusqu'ici : Qui avait vu Mildred en dernier, par exemple. Me tournant vers mes amies, je leur lançai :

— Vous vous souvenez du nom de l'homme qui était assis près de Mildred en avion ? Il s'appelait quelque chose comme… Ching, non ? Jamey pour le prénom, je crois.

— Oui, c'est ça ! Jamey Ching ! fit George avec un claquement de doigts.

Je continuai d'un air songeur :

— Il a déclaré que Mildred s'était fondue dans la foule des passagers qui avaient débarqué à l'aéroport. Mais il dissimule peut-être une partie de la vérité. Il en sait peut-être plus qu'il ne veut bien l'admettre.

— Nous pourrions nous procurer son numéro de téléphone au commissariat, suggéra George. Puisqu'ils ont déjà été en contact avec lui.

Je jetai un coup d'œil du côté de l'officier Kona, qui traitait des dossiers à son bureau, sur

notre droite. Me communiquerait-elle les coordonnées de Jamey ?

Il n'y avait qu'un moyen de le savoir !

— J'ai moi-même questionné Jamey, nous
apprit-elle lorsque je lui eus demandé le
numéro du témoin. Je vous assure qu'il ne sait
rien. Il était très pressé parce qu'il devait
attraper la correspondance pour Maui, alors il a
à peine pris garde à Mildred après sa descente
d'avion. Il nous a affirmé qu'elle avait été
engloutie par la foule des passagers. Il ne
pourra pas vous en dire davantage.

— J'aimerais tout de même m'entretenir
avec lui, insistai-je.

— Je te répète que nous l'avons déjà fait.
Nous l'avons interrogé à fond, et il a passé ce
test victorieusement. Ce n'est pas le genre à
enlever des vieilles dames.

— Et c'est quoi, son genre ? m'enquis-je
avec curiosité.

— C'est un surfeur comme il y en a tant. Le
surfeur décontracté typique. La seule différence
entre Jamey Ching et les autres fanas de
planche, c'est qu'il enseigne aussi sa passion
pour gagner sa vie. Il donne des cours de surf
aux touristes dans un hôtel de Maui. Son patron
le dit fiable, incapable de faire du mal, et
étranger à l'affaire. Que rajouter de plus ?

Fiable, inoffensif, hors de cause… je connaissais cette rengaine ! Je voulais juger par moi-même de sa véracité !

— De toute façon, je ne peux pas te donner son numéro, ajouta aigrement l'officier Kona. Il n'est pas dans nos habitudes de communiquer des informations confidentielles à des étrangers.

— Même si je suis détective et que je pourrais vous aider à résoudre l'affaire ?

— Exact.

Je soupirai. De toute évidence, la police n'était pas disposée à dérouler le tapis rouge pour nous. Il faudrait que je me procure moi-même les coordonnées de Jamey. Je connaissais son nom, je savais qu'il vivait à Maui. S'il figurait dans l'annuaire, pas de problème !

— Venez, les filles, lançai-je à Bess et à George, allons nous balader en attendant.

Je remerciai poliment l'officier Kona. Après tout, nous avions besoin de sa coopération pour l'analyse graphologique ! Avec un sourire crispé, elle nous suggéra de la rappeler une heure plus tard pour connaître le verdict de l'expert.

Une fois dehors, j'appelai les renseignements, et demandai le téléphone de Jamey Ching. J'obtins celui d'un certain James Ching, que je composai aussitôt.

L'appareil sonna, sonna encore, jusqu'à ce que j'obtienne un répondeur. Une voix masculine, se présentant comme celle de Jamey Ching, conseillait aux interlocuteurs de le joindre au Blue Wave Hotel, dont elle donnait le numéro.

Ce que je fis.

— Oui, allô ! Guérite du surf ! Jamey Ching à l'appareil ! aboya une voix juvénile dès que le réceptionniste de l'hôtel m'eut mise en relation.

— Euh, salut, je m'appelle Nancy Drew, dis-je, surprise d'avoir la chance de le joindre à terre par une matinée aussi ensoleillée.

— Excuse-moi, je déjeune, fit-il dans un bruit de mâchonnements. Je fais le plein d'énergie avant les leçons de cet après-midi. En quoi puis-je t'aider, Nancy ?

— Je suis détective privé, et j'enquête sur la disparition d'une vieille dame. Je crois que tu étais assis près d'elle en avion.

— Oh, Mildred ! Oui, exact. Une femme vraiment cool, plutôt audacieuse pour son âge ! Quoi qu'il en soit, j'ai déjà raconté à la police tout ce que je sais, ce qui n'est pas grand-chose. Alors, je ne vois pas ce que je pourrais t'apporter de plus.

— Ça t'ennuierait de tout me redire par le

menu ? Le moindre détail a son importance. Quelque chose a pu échapper à la police.

— D'accord, attends que je réfléchisse... Ben, j'étais près de Mildred pendant la traversée ; quand elle est descendue, elle s'est mêlée à la foule ; c'est tout.

— Vous avez parlé de quelque chose en particulier ?

— Elle a juste dit qu'elle était impatiente d'être chez sa cousine, à Honolulu. Je pense qu'elle comptait s'installer chez elle.

— Donc, après que Mildred s'est fondue dans la foule, tu ne l'as plus revue ?

— Non. Mais je n'arrive pas à croire qu'elle se soit juste évanouie comme ça, pouf ! dans la nature. C'est trop bizarre.

— Est-ce que tu as remarqué quelque chose d'inhabituel, en ce qui la concerne ? Une chose qu'elle aurait faite pendant le vol, par exemple ?

— Non, Nancy, désolé. J'aimerais bien t'aider, mais...

— Bon..., merci d'avoir répondu à mes questions, Jamey.

— De rien.

Après avoir raccroché, je restai un moment silencieuse, plongée dans mes pensées.

— Alors ? fit George, tandis que, de son côté, Bess m'observait avec curiosité.

Je leur rapportai la conversation.

— Jamey est convaincant. Mais vous me connaissez : j'aime bien rencontrer les gens avant de trancher.

— Oh, oh, gémit Bess, je sais ce qui nous attend !

— Un voyage à Maui ? fit George, réjouie.

— Pourquoi pas ? Les îles hawaïennes ne sont pas très éloignées les unes des autres. Il ne doit pas être bien long d'aller à Maui ! Renseignons-nous !

Je retournai au commissariat, où le préposé à la réception me communiqua les noms de quelques compagnies aériennes intérieures. Une fois dehors, je réservai avec mon mobile des places d'avion pour Maui et une chambre au Blue Wave Hotel.

George me décocha un sourire en coin.

— Encore une chance que tes intuitions de détective collent avec les horaires, Nancy ! Si tu veux mon avis, c'est un coup à l'aveuglette de traquer un surfeur jusqu'à Maui.

— Je n'en suis pas si sûre que toi, George, observa Bess. Selon moi, nous sommes dans l'ornière ici, à Honolulu. Nous n'avons pas beaucoup progressé dans l'enquête, et Eliza n'est pas suspecte au point de nous faire négliger d'autres pistes.

— Je rêve ! s'exclama George. Enfin, si Eliza n'est pas louche, qui l'est, alors ? Pense à tous les éléments que nous avons trouvés qui la désignent : le journal, la robe, l'héritage de son grand-père... Et la liste n'est pas terminée.

— Justement, si, déclara fermement Bess. Elle s'arrête là. Voilà le problème. Nous piétinons.

— Et le petit mot, hein ? souligna George. Si on y réfléchit, c'est un indice de plus ! Et vous savez pourquoi ? Parce qu'il y a gros à parier qu'Eliza t'a conduite jusqu'à lui exprès, Nancy !

— Au fait, le billet, fis-je en consultant ma montre.

Il y avait près d'une heure que nous traînions dans les parages du commissariat. L'analyse graphologique était peut-être prête !

— Je vais voir l'officier Kona, déclarai-je.

Cette dernière leva les yeux à mon entrée.

— Ah, tu es encore là, Nancy ? Tu as de la chance, le graphologue vient de m'apporter son expertise. Aucun des spécimens que tu nous as remis ne colle avec le billet. C'est quelqu'un d'autre qui l'a écrit, en s'efforçant d'imiter l'écriture de Mildred.

Ouf ! Mildred n'avait donc pas connu un horrible sort sur le site historique ! Du moins, cette éventualité semblait beaucoup moins probable, à présent…

— Êtes-vous sûrs que l'auteur du journal n'a pas pu rédiger le billet ?

— Notre expert affirme que non. Je ne peux rien te dire de plus.

— D'accord. Eh bien, merci beaucoup, officier Kona. Cette information est réellement très utile.

— Je ne vois pas en quoi. Elle ne nous indique pas qui est *l'auteur* du billet ! Mais nous allons continuer à explorer cette affaire, sois tranquille, soutint-elle.

Je ne fus pourtant pas rassurée. Car Mildred était toujours portée disparue, et la police ne me facilitait pas les choses. Une fois ressortie, j'appris la nouvelle à mes amies : selon l'expert graphologue, ni Mildred ni Eliza n'avaient écrit le petit mot.

— Je suis si contente que ce ne soit pas Mildred ! s'exclama Bess. Cela signifie qu'elle n'était pas sur le site historique !

— Il est tout de même possible qu'elle s'y soit rendue, et que quelqu'un d'autre qu'Eliza ait écrit le billet, soulignai-je.

— C'est tiré par les cheveux, déclara George – et, en toute honnêteté, j'étais de son avis.

— Bon, dépêchons-nous de rentrer, dis-je.

Nous devons remettre le journal à sa place, prendre nos affaires et appeler un taxi. Mais d'abord, je téléphone à Eliza pour l'avertir qu'on ne dormira pas chez elle, ce soir. Je vais lui donner le numéro du Blue Wave Hotel pour le cas où elle aurait besoin de nous joindre.

Pendant notre bref trajet en avion jusqu'à Maui, je m'interrogeai sur le billet, sans beaucoup avancer sur la question. L'officier Kona avait raison : nous savions qui n'avait *pas* écrit le mot ; mais nous étions loin d'en connaître l'auteur ! Je me promis de me procurer un échantillon de l'écriture de Jamey Ching à la première occasion...

Nous nous présentâmes à la réception du Blue Wave Hotel, un endroit luxueux avec une plage privée noyée de soleil et envahie de touristes bronzés. En dehors d'une poignée d'hôtels de luxe, l'île de Maui semblait beaucoup moins développée que celle d'Oahu. Au cours de notre trajet de l'aéroport au Blue Wave, dans notre voiture de location, nous avions découvert un décor de luxuriants champs de cannes à sucre. Un volcan géant, le Haleakala, se dressait à trois mille mètres d'altitude au-dessus de nous. Son sommet était masqué par un nuage blanc et cotonneux, mais le soleil inondait les plantations d'ananas vert émeraude qui tapissaient ses pentes. Au loin, l'océan d'un bleu intense resplendissait.

Après avoir passé nos maillots de bain, nous nous rendîmes sur la plage. Je voulais trouver Jamey dès que possible, car le soleil déclinait déjà : il ne donnerait peut-être plus beaucoup de leçons de surf, cet après-midi.

Nos tongs renvoyaient en pluie sur nos mollets le sable chaud, alors que nous marchions à la recherche d'un endroit idéal pour lire et paresser. J'étais en bikini, ainsi que Bess ; George avait un bermuda de surf et une brassière. Nous trouvâmes bientôt un parasol libre, et nous nous installâmes.

Un serveur muni d'un plateau de boissons nous aborda à l'instant où nous étalions nos draps de bain.

— Puis-je vous proposer du jus de coco et d'ananas avec des glaçons, les filles ?

— Bien sûr, merci, dit George tandis que nous nous servions toutes les trois.

Un instant plus tard, nous étions allongées sur nos serviettes, sirotant nos boissons et contemplant la mer.

— Ça, c'est la vraie vie ! s'écria George.

– Si au moins on avait un fil conducteur pour nous mener jusqu'à Mildred, soupirai-je. Tant qu'on ne l'aura pas retrouvée, je serai incapable de savourer mon plaisir.

Je me levai et posai mon verre vide sur le chariot roulant du serveur.

– Venez, allons à la recherche de la guérite de Jamey. Il faut prendre une leçon de surf avec lui.

– Sans moi, les filles, déclara Bess en ajustant ses lunettes de soleil. Je veille au grain ici, avec mon jus de fruits et mon bouquin.

Elle leva gaiement son verre, comme pour nous porter un toast.

– Tu es sûre ? fit George, contemplant les ondulations parfaites, ni trop hautes ni trop basses, de l'océan. Les vagues ont l'air fantastiques.

– La plage aussi, répliqua Bess en s'étirant comme un chat. J'irai nager tout à l'heure, quand je me serai un peu réchauffée.

– OK, fit George. Amuse-toi bien.

J'allai voir de plus près, avec George, une guérite que nous avions remarquée à l'autre extrémité de la plage de l'hôtel. Il était en effet écrit dessus, en grandes lettres colorées et zigzagantes : ABRI SURF ! Une planche peinte à la verticale au-dessus d'un rond figurait le point d'exclamation. Derrière le guichet de la cabane, un ado avec des cheveux bruns et longs, une peau dorée et de larges épaules, était occupé à griffonner des notes. Je lui donnai à peu près notre âge.

Avant d'approcher, je retins George pour lui chuchoter :

— Écoute, il ne doit pas savoir que c'est moi qui ai téléphoné pour l'interroger sur Mildred. Il comprendrait tout de suite que je suis détective, sinon. Il faut que je me présente sous une fausse identité.

— Laquelle ?

— Un truc simple et facile à retenir : Nancy Marvin, par exemple !

— Bess pourra toujours être Bess Drew, pouffa George. Si jamais elle le rencontre, bien sûr.

J'avançai jusqu'à la guérite, et saluai Jamey. Il leva les yeux en battant des cils, et, peu à peu, son regard noisette se focalisa sur nous.

— Oui, qu'est-ce que c'est ? Oh, salut ! lâcha-t-il, nous décochant un sourire. Désolé, je tenais mon registre.

Il leva un carnet à spirales comme pour appuyer ses dires.

— Que puis-je pour vous, mesdemoiselles ?

— Nous désirons prendre une leçon de surf,

annonça George. À la réception, on nous a dit de demander Jamey Ching à l'abri surf.

– Jamey, c'est moi ! Tout à votre service, fit Jamey.

Son beau visage se rembrunit alors qu'il consultait sa montre :

– Zut ! Bientôt seize heures ! Un peu tard pour une leçon. Vous comprenez, c'est à cette heure-ci, d'habitude, que je ferme boutique – ou plutôt, guérite !

– *D'habitude* ? fis-je en lui adressant un sourire charmeur. Vous n'êtes pas toujours aussi strict, c'est ça ?

– Oh, je ne suis pas strict, mesdemoiselles. Pas strict du tout !

Il nous gratifia d'un nouveau sourire, puis posa son registre et scruta la mer :

– Les conditions sont géniales. L'occasion est trop belle pour la laisser passer ! Le courant était plus fort, tout à l'heure. Vous avez bien choisi votre moment, les filles ! Vous êtes débutantes ?

– Ce n'est pas notre première fois, dis-je. Mais il y a un moment qu'on n'a pas surfé.

– Cool ! On y va, alors. Je m'appelle Jamey, comme vous savez. Et vous ?

Sans ciller, George déclara :

– Elle, c'est Nancy Marvin, et moi, George Fayne. Sympa de te rencontrer, Jamey !

123

Cinq minutes plus tard, notre instructeur nous précédait en direction de l'eau, tenant sa planche sous son bras avec décontraction. Celles qu'il avait choisies pour nous étaient assez lourdes, et je portais la mienne à deux mains. Nous ne tardâmes pas à nous retrouver sur les flots, à plat sur nos planches, «pagayant» vers le large.

– Ne restez pas trop près l'une de l'autre ! nous recommanda Jamey. Gardez au moins dix mètres d'intervalle pour éviter les carambolages !

Puis il nous hurla alors qu'un rouleau venait vers nous :

– En avant, les filles ! Elle est parfaite !

Se dressant d'un bond sur sa planche, il se mit à surfer sur la vague, et nous l'imitâmes avec plaisir. Sautant sur mes pieds, je fléchis les genoux et étendis les bras, jambes écartées pour préserver mon équilibre. Tandis que je filais vers la crête de la vague, mes jambes, d'abord peu sûres, se stabilisèrent. L'eau de mer éclaboussa doucement mon visage, formant de petits prismes irradiés de soleil. Gardant en mémoire les instructions de Jamey, je manœuvrai ma planche sur la courbure de la vague, juste en avant du point de brisure.

Ma sensation agréable ne dura pas. La crête

me happa et me renversa hors de ma planche.

Tel un monstre surgi des profondeurs, la houle m'enveloppa, m'aspirant comme pour m'avaler. Les poumons en feu, je refis surface, saine et sauve.

C'est là que je vis l'aileron.

10. Épreuve sur preuve

— Un requin ! hurlai-je, regardant frénétiquement autour de moi, en quête de George ou de Jamey.

Du coin de l'œil, je les vis à environ quinze mètres, montant à l'assaut du rouleau suivant. Ils étaient plus éloignés que moi de la rive, mais c'était de moi que le requin était le plus proche. Comme s'il avait capté cette pensée, l'aileron pivota, tel un périscope mortel, et fila dans ma direction.

— Au requin ! criai-je encore.

Par-dessus un autre brisant, je vis que Jamcy tournait la tête dans ma direction. Il ne lui fallut qu'une fraction de seconde pour saisir ma situation. Élevant les bras, il fit signe à George de rejoindre la rive. Le maître-nageur aussi vit ce qui se passait.

Il prit le porte-voix accroché sur le côté de sa chaise, et tonna :

– Tout le monde à terre ! Requin en vue !

On eut dit qu'une secousse électrique galvanisait la paisible communauté de plagistes et de baigneurs. Des parents se précipitèrent vers l'eau pour rappeler leurs enfants ; des nageurs affolés s'élancèrent vers le rivage, mettant à profit chaque mouvement de houle pour s'en rapprocher et se mettre en lieu sûr. Entre-temps, Jamey était parti dans ma direction, ses bras fendant l'eau à gestes rapides, ses jambes soulevant un nuage d'écume. Mais que pouvait-il contre un requin à l'attaque, lancé pour tuer ?

Il fallait que je sauve ma peau ! Je roulai sur ma planche et m'aplatis dessus, ma poitrine se soulevant en quête d'air et butant contre la surface en fibre de verre. Puis je me redressai sur mes coudes pour affronter le squale.

Une seconde plus tard, il jaillissait devant moi, toutes dents dehors. Sa bouche était pareille à un V renversé rempli de lames de rasoir innombrables – vision de cauchemar propre à me hanter le reste de mon existence. Si j'avais la chance d'en avoir une…

En quelques secondes frénétiques, mon esprit passa en revue une ribambelle de parades possibles, les rejetant toutes. Puis, je me souvins d'une chose que j'avais lue dans un livre : il fallait frapper au museau un requin qui vous attaquait.

Pas le temps de tergiverser !

Je repliai mon poing droit, le ramenai en arrière et *vlam !* je l'abattis sur le nez du monstre avec plus de violence que je n'en ai jamais manifestée dans ma vie, même pour frapper le plus coriace des criminels.

Le requin hésita, museau en l'air. Ce n'était pas le moment de m'en tenir là ! Ramenant de nouveau mon poing en arrière, je le frappai une deuxième fois, encore plus fort. Un élancement de douleur me traversa la main, mon bras tout entier trembla sous l'impact. « Pourvu que je ne saigne pas ! » pensai-je. Du sang à proximité d'un tel adversaire, c'était pire que tout !

Le requin se figea. Puis, tel un effroyable robot, il fit demi-tour et s'éloigna.

Vite, la rive ! me dis-je en regardant par-dessus mon épaule. Où était, cette fois, la vague *parfaite* dont j'avais besoin ? Oh, ce n'était pas la perfection que je voulais ! Un tout petit rouleau, trop faible pour une bonne chevau-chée, vint vers moi, et, me redressant sur ma planche, je trouvai moyen de surfer dessus sans demander mon reste !

Quelques instants plus tard, j'étais sur la plage, entourée de Jamey, George, Bess, le maître-nageur, et plusieurs autres baigneurs et plagistes.

— Ça va, Nancy ? me demanda Jamey, m'enveloppant du regard comme pour s'en assurer. Tu as été magnifique !

— Oui, je vais bien, merci, lui répondis-je en lui adressant un sourire reconnaissant.

Son inquiétude semblait sincère. Même s'il n'avait pas pu véritablement m'aider, je n'avais plus aucun doute : c'était quelqu'un d'adorable. L'idée qu'il ait pu nuire à Mildred me semblait tout à coup incongrue. Qu'étais-je donc allée chercher ?

L'air soulagé, Bess commenta :

— Nancy, tu as été incroyable !

— Ce requin a trouvé à qui parler ! renchérit George. Il s'est sauvé comme un voleur !

— Si je rencontre un requin un jour, je le cognerai sur le nez, comme toi ! déclara un garçonnet.

Je lui dis pour le rassurer :

— J'espère bien que tu n'en rencontreras jamais un ! Cela arrive très rarement, tu sais ! Même si tu nages souvent dans la mer.

– Tu n'as pas eu de chance, alors.

Je lui souris :

– Je crois que non. Mais il faut prendre les choses du bon côté. Si ça se trouve, j'ai épuisé tout mon lot de malchance en rencontrant ce requin. Ma période de chance arrive peut-être.

– Elle a débuté lorsque ce requin a pris le large, souligna George. Espérons que tu es en veine, maintenant, Nancy.

– Espérons, fis-je, pouce levé.

Je jetai un coup d'œil vers Jamey. Son attention s'était reportée sur Bess. Comment diable mon amie exerce-t-elle ce magnétisme instantané sur les garçons ?

– Tu es avec Nancy et George ? lui demanda Jamey en souriant.

– Bien sûr, répondit-elle en lui rendant son sourire. Je suis Bess Marvin.

– Ah ! La sœur de Nancy ?

Aïe.

Bess me lança un regard intrigué, mais un éclair de compréhension passa presque aussitôt sur son visage. Elle a l'esprit rapide, il n'y a pas à dire !

– Nancy est ma cousine, répondit-elle gaiement.

– Logique, commenta Jamey, nous embrassant du regard. Vous vous ressemblez beaucoup. Même couleur de cheveux et tout…

Il observa George et reprit :

— Tu es une amie de la famille, c'est ça ? En vacances avec elles ? Tu ne ressembles pas du tout à Bess ou à Nancy, je veux dire.

— Non, pas du tout ! fit George, échangeant un sourire complice avec sa cousine.

Je proposai à Jamey :

— Ça te dirait de dîner avec nous ? Pour fêter mon coup de veine.

— Euh… oui, bien sûr ! s'exclama-t-il avec un regard ardent en direction de Bess.

Il ajouta presque aussitôt d'un air rembruni :

— Ah, zut ! J'oubliais ! Je suis censé dîner avec ma sœur Robin !

— Eh bien, amène-la aussi ! suggéra George. Plus on est de fous, plus on rit !

— D'accord, accepta Jamey. Dans le joli petit village de pêcheurs proche de l'hôtel, il y a un super restaurant : le Quatre Saisons. On s'y retrouve à sept heures ?

— Affaire conclue, dis-je.

Tandis que nous attendions nos plats au Quatre Saisons, Bess demanda à Jamey s'il aimait la vie à Hawaï.

– J'adore mon travail, répondit-il. Je n'arrive pas à comprendre que les surfeurs acceptent de rester sur le Continent pendant l'hiver. Ici, il fait bon tout le temps. J'irai peut-être en fac, un jour. Mais pour le moment, ma vie me convient telle qu'elle est !

– Et toi, Robin ? s'enquit Bess, se tournant vers la sœur de Jamey. Tu es contente d'habiter Maui ?

Robin haussa les épaules. De six ou sept ans l'aînée, elle avait la peau bronzée de son frère et les mêmes cheveux sombres à hauteur des épaules. Mais son ossature était menue et délicate.

– Je ne suis pas aussi folle que Jamey de notre paradis tropical. En fait, je veux devenir prof. J'aimerais vivre dans une ville universitaire, ou une cité animée du Continent.

– Tu vas en fac, c'est ça ? m'enquis-je comme le serveur déposait nos assiettes.

– En fait, j'ai déjà ma licence. Je prépare un master. Mon mémoire porte sur la mythologie hawaïenne.

– Ah ? fis-je, dressant l'oreille. Tu étudies des légendes particulières ?

Elle acquiesça :

– Je m'intéresse surtout à Pele, la déesse des volcans.

Bess, George et moi échangeâmes un regard : quelle introduction idéale à Mildred !

— C'est incroyable que tu parles de ça, Robin, commençai-je. Figure-toi qu'une personne de notre connaissance, Mildred, une amie d'amis à nous, était en train d'écrire un livre sur la mythologie hawaïenne. Mais pas sur Pele. Elle se documentait sur les *Night Marchers* en vue d'un roman policier. Vous en avez peut-être entendu parler ? Elle a disparu à Honolulu. La presse a sûrement relaté l'événement, ici !

Robin et Jamey s'agitèrent sur leurs sièges, détournant les yeux l'un et l'autre. Finalement, Jamey lâcha :

— En fait, j'étais à côté de cette femme dans l'avion qui la menait de San Francisco à Honolulu.

— C'est dingue ! fis-je, jouant de mon mieux la surprise. Et qu'est-ce que tu faisais sur le Continent ?

Jamey se tourna vers Robin, puis son regard revint se poser sur moi, et il expliqua :

— Alex Kahilua, le directeur de mémoire de Robin, avait un entretien d'embauche pour un poste de professeur dans les environs de San Francisco. Il m'avait invité à l'accompagner là-bas pour prospecter les facs.

Il continua après avoir haussé les épaules :

— Il y a un moment que je cherche où m'ins-crire. Robin et mes parents veulent à tout prix que je poursuive mes études. Mais si je rentre à l'université, ce ne sera pas sur le Continent ! Hawaï me manquerait trop !

— Pourquoi n'es-tu pas revenu tout droit à Maui ? s'enquit George. Il n'y a pas de vols directs jusqu'ici ?

— Ils étaient complets, expliqua Jamey. Et de toute façon, Alex devait rentrer d'abord à Honolulu pour donner ses cours. Alors, j'ai pris la correspondance pour Maui tout seul, après notre débarquement d'avion.

— Et Mildred a juste disparu comme ça ? fis-je.

Une fois de plus, Jamey parut mal à l'aise :

— Oui, elle s'est évanouie dans la foule de l'aéroport.

Nous mangeâmes notre dessert en silence. J'eus tout loisir de savourer la sublime tarte à la noix de coco meringuée qu'on nous avait servie, tout en songeant aux propos échangés. Lorsque le serveur apporta l'addition, Jamey s'en empara d'un geste vif :

— Permettez-moi de vous offrir le dîner, dit-il en décochant un coup d'œil timide à Bess. Je me sens responsable de ta mauvaise rencontre avec le requin, Nancy.

– Ce n'était pas ta faute ! protestai-je. Comment aurais-tu pu prévoir ça ?

– Je tiens quand même à vous offrir ce repas.

Il tira un stylo de sa poche pour signer la facture du paiement par carte de crédit.

– Jamey, fit soudain Bess, tu te sers du stylo de Mildred, non ?

Et certes, les mots « La Plume de Mildred » figuraient en lettres italiques dorées, bien nettes, le long du mince objet noir, laqué et brillant.

11. Surprise !

— Quoi ? fit Jamey, fixant le stylo d'un air sidéré. Oh… je suppose que j'ai dû le prendre sans m'en apercevoir.

Après un temps d'arrêt, il continua :

— Je sais quand ça a pu se passer ! L'État de Hawaï fournit un formulaire à remplir aux voyageurs qui viennent du Continent : ils doivent décrire les plantes et les animaux qu'ils apportent, s'il y a lieu. Mildred et moi avons dû échanger nos stylos par hasard à ce moment-là, sans nous en apercevoir.

J'examinai Jamey. Bess aussi le scruta. Et je devinai à son expression qu'elle en venait à la même conclusion que moi : le beau et adorable Jamey était tout à fait sincère.

– Que te rappelles-tu d'autre, en ce qui concerne le vol, ou Mildred ? lui demandai-je.

Il haussa les épaules :

– Pas grand-chose. Juste que nous avons discuté de son livre sur les *Night Marchers*. Elle était très excitée de venir à Hawaï pour se documenter sur cette légende. Elle a dit qu'elle séjournerait chez sa cousine à Honolulu – elle devait s'y rendre directement depuis l'aéroport. C'est tout. Le reste du temps, on a dormi. Enfin, moi, en tout cas.

Je me tournai vers Robin :

– Puisque tu es spécialiste des légendes hawaïennes, que sais-tu sur les *Night Marchers* ? Mildred a-t-elle pu se mettre en danger en enquêtant à leur sujet ?

Elle répondit avec un sourire crispé :

– Ceux qui croient aux guerriers fantômes prétendent qu'ils sont très dangereux. Mais, qu'on soit sceptique ou non, on peut évidemment se blesser en s'aventurant dans la jungle à leur recherche.

– Crois-tu qu'il pourrait y avoir une explication concrète à ces manifestations ? Un gang qui se comporterait comme une horde de fantômes pour éloigner la police, par exemple ?

– J'en doute. Je ne crois pas aux esprits, Nancy, mais je ne pense pas non plus que les

Night Marchers soient censés prendre l'apparence de personnes réelles. Du moins, je n'ai jamais entendu de rumeurs de ce genre. Les recherches de Mildred n'auraient pas dû compromettre sa sécurité. À moins qu'elle ne soit tombée d'une falaise dans le noir... mais elle a disparu en plein jour, non?

— C'est bien ça, dis-je, pensive.

Les propos de Jamey au sujet du vol en avion continuaient de résonner à l'arrière-fond de mon esprit...

— Robin... quel est le nom de ton professeur, déjà? Alex machinchose.

— Alex Kahilua.

Je me tournai vers Jamey:

— Tu as précisé qu'il n'était pas rentré à Maui avec toi. Pourquoi?

— Alex vit à Maui, mais il enseigne à Honolulu deux jours par semaine, précisa Jamey. Comme il donnait un cours plus tard, ce jour-là, ça ne valait pas la peine qu'il retourne à Maui juste pour quelques heures.

— A-t-il pu être témoin de ce qui est arrivé à Mildred?

— Je ne me rappelle pas qu'ils aient parlé ensemble, me dit-il d'un air perplexc. Il se peut même qu'Alex ignore qui elle est. Mais je suis certain que la police l'a interrogé: ils m'ont dit avoir parlé avec toutes les personnes qui étaient assises dans les parages de Mildred. En tout cas, j'espère qu'ils ne m'ont pas isolé du lot ! Si Alex avait vu qu'il arrivait quelque chose d'étrange à Mildred, il l'aurait raconté à la police.

George demanda :

— Il était assis très près d'elle ?

— Nous avons réservé à la dernière minute, alors, nous n'avons pas pu avoir de places ensemble. Il était sur le siège situé devant le mien, répondit Jamey en étouffant un bâillement.

Mon interrogatoire l'ennuyait-il ? Possible. Mais je devais continuer : je pouvais découvrir un fil conducteur négligé jusque-là !

Robin ne l'entendait pas de cette oreille.

— Jamey est éreinté, et il faut que je rentre de mon côté, déclara-t-elle en consultant sa montre. Mais si tu as d'autres questions, pourquoi ne les poses-tu pas directement à Alex ? Il habite ici, à Maui.

J'allais demander à Robin le numéro de téléphone de son professeur lorsqu'elle s'exclama soudain :

— Hé, minute ! Il est ici !

Balançant son sac sur son épaule, elle louvoya entre les tables jusqu'à l'entrée du restaurant, où un homme brun d'une trentaine d'années patientait au comptoir de vente à emporter.

— C'est bien lui ! s'écria Jamey. Quelle coïncidence incroyable !

Nous rejoignîmes tous quatre Robin au comptoir. Elle présenta Alex à Bess, à George et à moi.

— Bonsoir tout le monde, marmonna-t-il en évitant de nous regarder dans les yeux. Enchanté de vous connaître. Vous êtes contentes de votre séjour à Maui ?

— Très, répondis-je. Et vous, ça vous plaît de vivre dans un paradis tropical ?

— C'est agréable, dit-il poliment.

— Euh, j'espère que vous ne m'en voudrez pas de vous poser cette question alors que vous alliez commander votre repas, mais avez-vous remarqué une vieille dame pendant votre récent voyage de San Francisco à Maui ? Elle s'appelle Mildred.

— Non, je ne me la rappelle pas.

— Vraiment ? Ah. Nous essayons de la retrouver, expliquai-je. Elle a disparu.

— Disparu ! fit-il, bouche bée — ce qui le faisait paraître encore plus gauche.

— Oui, c'est une longue histoire. La police ne vous a pas contacté pour avoir des informations ?

Comme il hochait négativement la tête, j'ajoutai :

— En tout cas, merci d'avoir répondu.

— De rien, fit-il mécaniquement.

Nous nous souhaitâmes tous bonne nuit avant de partir chacun de notre côté. Une fois dans notre chambre au Blue Wave Hotel, je discutai de l'affaire avec mes amies.

— Jamey cache quelque chose, déclara George. Ses réponses étaient plutôt vagues. Comme cette explication au sujet du stylo, par exemple.

— Pourquoi ne crois-tu pas que Mildred et lui ont involontairement échangé leurs stylos, comme il le prétend ? s'enquit Bess.

— Son explication n'est pas si tirée par les cheveux que ça, je suppose. Mais je ne suis quand même pas convaincue de son innocence.

— Mais quel serait son mobile, selon toi ? insista Bess.

George haussa les épaules, déclarant d'un air sombre :

— Il y a beaucoup de choses que nous ignorons, dans cette affaire.

— Et ce que nous en savons se réduit à presque rien, conclus-je avec un soupir.

Le lendemain à notre réveil, le temps était ensoleillé et chaud ; une douce brise agitait les fleurs roses et violettes qui s'accrochaient à la grille de notre balcon. La vue sur l'océan, roulant doucement sur le rivage, était à couper le souffle.

Mais je n'étais pas d'humeur à admirer le panorama ! Mildred n'avait toujours pas reparu ! Il était grand temps de changer de vitesse !

Je ne croyais pas à la culpabilité de Jamey ; cependant, je voulais une preuve pour confirmer mon intuition. Avec du doigté, j'arriverais peut-être à me procurer un spécimen de son écriture ! Il ne devait pas être bien sorcier de jeter un coup d'œil sur le registre que je l'avais vu remplir... Alors que nous déjeunions de crêpes à l'ananas, je confiai mes projets à mes amies. Puis, les laissant à leur breakfast dans la salle à manger de l'hôtel, je sortis, préoccupée par mon enquête.

Tandis que je longeais la plage, toutes sortes d'interrogations s'agitaient dans mon esprit. Mais les principales étaient les suivantes : Qui a enlevé Mildred ? Où se trouve-t-elle en ce moment ? Qui a rédigé le billet ?

J'approchai de l'abri surf. Jamey s'y trouvait, tête penchée, occupé à écrire. Ne faisait-il que de la paperasse, et ne donnait-il jamais de leçons ? me demandai-je, exaspérée de ne pas trouver la voie libre. Je m'éloignai pour éviter qu'il me remarque. Je devais redéfinir ma stratégie !

Pendant que je réfléchissais à l'ombre d'un palmier de la plage, mon esprit se reporta vers Eliza. Qu'en était-il de l'héritage mentionné dans son journal – celui que son grand-père avait soi-disant laissé à Mildred ? Lorsqu'elle souhaitait que « Mildred *et compagnie* » ne soient pas dans le tableau, qui désignait-elle par cette expression ? Je n'avais pas encore eu le temps d'explorer cette piste… Pourquoi ne pas m'y mettre maintenant ?

Je regardai autour de moi pour m'assurer qu'il n'y avait personne. Si on avait pu m'entendre, cela n'aurait pourtant pas tiré à conséquence, puisqu'Eliza vivait sur une autre île. Mais les habitudes de détective sont difficiles à perdre !

J'étais seule dans les parages. Je sortis mon mobile de la poche de mon short, et téléphonai à Ed et à Harriet. Puisqu'ils connaissaient bien Mildred, ils savaient peut-être le nom de son grand-père, et le moyen d'obtenir une copie de son testament. S'il avait laissé tout son argent à Mildred, comme le proclamait Eliza, cet héritage reviendrait-il à cette dernière dans le cas où sa cousine viendrait à disparaître ? Si tels étaient les termes du testament, alors, Eliza aurait un mobile. Et de taille !

– Crime Time Books, énonça la réceptionniste dès la troisième sonnerie.

– Bonjour. Ici Nancy Drew. Pourrais-je parler à Ed ou à Harriet ?

– Non, désolée, ils ne sont pas là. Puis-je prendre un message ?

Je laissai mon nom et mon numéro, puis retournai auprès de Bess et de George. Elles quittaient la salle à manger à l'instant où je les rejoignis.

– Alors, ça a marché ? s'enquit George.

Je fis signe que non.

– Jamey est toujours dans sa guérite. Je vais être obligée d'attendre qu'il sorte.

– Écoute, Nancy, si tu veux t'occuper d'autre chose avec George, je veux bien me charger de subtiliser un spécimen de l'écriture de Jamey dès qu'il sera parti, proposa Bess. Il me suffira de m'installer sur la plage, et de le surveiller d'assez loin pour qu'il ne me remarque pas. Je crois que ce job est tout à fait dans mes cordes, conclut-elle avec un sourire malin. S'il s'avère coupable, j'aurai fait avancer notre affaire considérablement !

George poussa un sifflement railleur :

— Tu es trop altruiste, Bess ! Tu te charges toujours des boulots les plus durs !

— Oh, ce n'est qu'une question de patience, répliqua sa cousine sur un ton badin. Par chance, c'est une de mes qualités principales. Mais je dois reconnaître qu'elle sera mise à rude épreuve, si je dois camper sur une plage hawaïenne environnée par des garçons super mignons. Alors, souhaite-moi de tenir le coup !

Je ris, mais, tout en écoutant les plaisanteries de mes amies, j'étais agitée par des sentiments contradictoires. J'avais hâte de revenir à Oahu. Valait-il la peine de traîner à Maui uniquement pour mettre hors de cause un suspect peu probable ? Le faux billet était un indice très important, le plus important que nous ayons pour l'instant ! Il en ressortait que notre place était plutôt à Oahu.

Je fis part de cette opinion à Bess et à George. Celle-ci hocha la tête d'un air désolé :

— Vous n'avez pas voulu m'écouter ! Je vous avais averties qu'Eliza était coupable ! Mais nous devrions terminer notre travail tant que nous sommes ici, Nancy, tu ne crois pas ? Une fois que nous aurons un échantillon de l'écriture de Jamey, nous pourrons le rayer officiellement de notre liste. Comme ça, ce sera réglé. Nous nous sentirons mieux après.

J'hésitai. George n'avait pas tout à fait tort…

– Bon, entendu. À condition que ça ne prenne pas trop de temps. Au point où nous en sommes, ce n'est pas une heure de plus ou de moins qui feront la différence ! Je veux dire par là que Jamey donne des leçons de surf, il ne tardera sûrement pas à quitter son abri.

– Et tu sais quoi ? ajouta Bess. Il reste quand même une infime possibilité qu'il soit coupable, même s'il est craquant ! Écoutez, les filles, si vous vous détendiez un moment pendant que je m'occupe de ce boulot ? Ça ne te ferait pas de mal de te délasser un peu avant notre retour chez Eliza, Nancy ! Tu n'as pas arrêté de te faire du souci pour Mildred !

Je répondis en souriant :

– C'est comme ça que je résous les affaires : en restant concentrée tout le temps. Mais je crois que tu as raison. Un bon moment de détente m'aidera à m'éclaircir les idées et à avoir une nouvelle perspective sur ce que nous avons appris.

George suggéra :

– Dans mon guide touristique, ils recommandent un endroit génial : l'Iao Valley. C'est une réserve naturelle, et un des endroits les plus humides du globe, paraît-il. Même lorsqu'il fait soleil sur la plage, et qu'il n'y a pas un nuage dans le ciel, il peut pleuvoir au même moment dans l'Iao Valley.

— Oh, oh ! Un endroit où il n'y a pas la canicule ! m'écriai-je. Allons-y, George. Bonne chance, Bess !

Le portier de l'hôtel nous donna des indications précises, et je fus ravie d'apprendre que l'Iao Valley n'était qu'à vingt minutes de route. Une fois là-bas, George et moi descendîmes du car, en quête de pistes de randonnée. Le guide de George était bien informé ! Nos chapeaux pare-soleil se muèrent instantanément en chapeaux de pluie, nous protégeant du léger crachin brumeux, tandis que nous arpentions un chemin pavé. De chaque côté, des montagnes d'un vert éclatant se dressaient vers le ciel, et se fondaient dans le nuage de pluie qui recouvrait la vallée de son épaisse couverture grise. Des cascades dévalaient les à-pic, plongeant dans une jungle de vert. Derrière nous, là où le ciel était plus clair, un arc-en-ciel brillait.

— Regarde, George, la chute d'eau, là-bas ! fis-je en désignant un endroit juste au-delà de la piste pavée. On peut se tenir dessous ! On la croirait sortie du dépliant touristique de l'hôtel !

Crapahutant sur le talus boueux, nous suivîmes le chemin de terre qui serpentait le long d'un cours d'eau rapide. En un instant, nous atteignîmes la cascade, flanquée de pancartes menaçantes qui toutes annonçaient : ATTENTION : CRUES SUBITES ! La pluie, qui n'était jusque-là qu'une sorte de bruine, s'accrut tout à coup, devenant aussi torrentielle qu'un orage estival à River Heights. Un craquement sonore se répercuta dans la montagne.

Une crue soudaine ? George commenta aussitôt d'un ton incertain :

– Ce n'est peut-être pas le meilleur moment pour voir cette cascade de près.

J'eus un frisson d'appréhension – mon amie était en général si aventureuse ! Le grondement s'accentua. De toute évidence, ce n'était pas le bruit normal d'une chute d'eau.

– On ferait mieux de regagner la piste ! m'écriai-je d'une voix pressante.

Pataugeant dans la boue avec nos tennis, nous regagnâmes péniblement le sommet du talus. Dès que mes pieds retrouvèrent le chemin pavé, je me détendis.

Enfin… jusqu'à ce que j'aperçoive Ed et Harriet, sourire aux lèvres.

12. Espionnage

— Il n'y a pas de quoi vous affoler, les filles !
nous assura Harriet. Ce n'est que le tonnerre.
Un éclair vient de s'abattre sur le sommet de la
montagne, là derrière.

J'échangeai un regard avec George. Nous ne
songions déjà plus à nous inquiéter des crues
subites ! J'aurais aimé savoir ce que ces deux-là
fabriquaient à Hawaï ! George se fit l'écho de
mes pensées en posant justement cette question
au duo.

— Nous étions si inquiets au sujet de cette
pauvre Mildred ! Nous ne supportions plus
d'attendre ! répondit Harriet à mon amie. Cela
nous faisait horreur de nous sentir inutiles.

– Hier, nous avons téléphoné à Eliza, continua Ed, et elle nous a appris que vous étiez à Maui. Alors, nous sommes venus de San Francisco par vol direct, dans le but de vous aider. Nous sommes tombés sur Bess à l'hôtel, et elle a fini par nous dire où vous vous trouviez. Au début, elle refusait d'y consentir. Nous avons dû insister. Je ne suis pas sûr qu'elle nous fasse vraiment confiance !

J'échangeai une fois encore un regard avec George. Bess avait dû prendre peur à la vue de ce couple si entreprenant ! Trop ? J'énonçai avec circonspection :

– J'aimerais vous annoncer que nous avons retrouvé Mildred, mais hélas, ce n'est pas le cas. Nous nous sommes rendues à Maui pour enquêter sur son voisin d'avion.

La mine d'Harriet s'allongea.

– Je ne devrais pas être surprise d'apprendre la nouvelle, soupira-t-elle. Vous nous auriez forcément avertis du contraire. Mais nous espérions tout de même que vous auriez eu un coup de veine depuis notre départ de San Francisco.

Je comprenais pourquoi on n'avait pu me passer Ed et Harriet lorsque j'avais téléphoné pour les interroger sur le grand-père d'Eliza et l'héritage : ils étaient en route pour Hawaï !

– Si je comprends bien, vous avez délaissé votre travail pour venir à Maui ? fis-je. Je croyais qu'un problème vous interdisait de vous déplacer.

– Nous l'avons réglé le jour même de votre départ, déclara Harriet. Nous avons été agréablement surpris de la rapidité avec laquelle nous avons pu le résoudre. Si seulement nous pouvions percer aussi facilement le mystère de la disparition de Mildred !

– Nous sommes déçus que tu ne l'aies pas encore retrouvée, Nancy, dit Ed. Mais c'est une bonne chose que nous soyons ici pour vous seconder. Nous sommes venus en voiture depuis l'hôtel pour avoir ton rapport sur l'affaire.

– Chéri, rentrons, maintenant, glissa Harriet avec un sourire contraint. J'ai faim et je suis fatiguée.

Ils ne voulaient pas collaborer à l'enquête séance tenante ? Bizarre…

– George, il faut qu'on rentre aussi, décrétai-je.

Une fois à l'hôtel, mon amie et moi avalâmes rapidement un sandwich au bar avant de monter dans notre chambre. Nous y fûmes accueillies par Bess qui, de son lit, agita une feuille de papier dans notre direction avec excitation :

– Je l'ai, les filles ! Un spécimen de l'écriture de Jamey ! Heureusement, il y a une photocopieuse dans l'abri surf ! Je m'y suis faufilée, et j'ai copié une page de son registre, que je viens d'expédier à l'officier Kona avec le fax portable de George.

Elle désigna l'appareil, relié au téléphone placé entre les lits, qui achevait d'expulser un récépissé.

– Beau travail ! fis-je en m'asseyant face à elle. Alors, tu es tombée sur Ed et sur Harriet, paraît-il ?

Bess rougit d'un air coupable :

– Excuse-moi, Nancy je ne suis pas très fière. Je leur ai appris où vous étiez. Ils n'arrêtaient pas de me harceler ! Je me suis dit qu'ils ne pouvaient pas vous faire grand mal en plein jour, dans un endroit bourré de touristes.

Je me mis à rire.

– Ne t'inquiète pas pour ça ! George et moi pouvons très bien encaisser le duo infernal ! Mais c'est bizarre qu'ils aient débarqué ici...

– Juste au moment où on pensait leur avoir échappé, fit Bess.

– C'est exactement comme à San Francisco, où ils n'arrêtaient pas de surgir partout sans crier gare, commenta George. C'est une habitude, chez eux, ma parole! C'est drôlement perturbant, je trouve.

— Nancy, qu'est-ce qu'ils mijotent, à ton avis? me demanda Bess.

— Comment savoir? répondis-je, perplexe. Je n'arrive pas à décider s'ils sont sincères en affirmant être venus ici à cause de Mildred. Ils tenaient tellement à nous y envoyer qu'ils nous ont payé des billets d'avion! Je ne vois vraiment pas pourquoi ils nous ont suivies.

— Oui, mais tu as une idée, je parie! fit George.

— Eh bien, je ne prétends pas que c'est vraisemblable... mais une supposition à tout hasard: s'ils s'étaient arrangés pour faire disparaître Mildred, puis étaient venus ici pour faire croire qu'ils s'inquiètent de son sort? Pour couvrir leur mobile, en réalité?

— Je les crois capables de tout, répondit Bess d'un air assombri. Même si je ne vois pas très bien pourquoi ils auraient fait une telle chose.

— Je vais les filer, décrétai-je en me levant d'un bond. J'ai besoin de savoir si ce sont des excentriques inoffensifs ou des criminels dangereux.

— Sois prudente! m'avertit Bess.

Je lui promis que je le serais. Alors que je gagnais le seuil, le téléphone retentit. Bess décrocha:

– Non ? fit-elle après un silence. Très bien, d'accord, merci beaucoup.

Et ce fut terminé, le coup de fil n'avait pas duré trente secondes.

– Qui était-ce ? demanda George, curieuse.

– La police d'Honolulu au sujet de l'échantillon de l'écriture de Jamey. L'expert affirme que son écriture n'a rien de commun avec celle du billet. Il est impossible qu'il soit de sa main, et qu'il ait réalisé cette falsification.

– Donc, Jamey est hors de cause, conclut George. En ce cas, nous devrions retourner à Honolulu, là où le billet a été trouvé, et où Mildred a été vue pour la dernière fois !

– Oui, mais il reste le problème de la présence d'Ed et d'Harriet ! argumentai-je. Ils provoquent une nouvelle entorse à notre programme ! Honolulu attendra ! Je veux en avoir le cœur net ! Je vais… me procurer le numéro de leur chambre et traîner dans les parages. Écouter.

De nouveau, je me dirigeai vers le seuil. Aucun coup de fil ne m'arrêta, cette fois.

Le préposé à la réception, si.

– Mes amis Ed et Harriet sont descendus dans cet hôtel, lui dis-je. Nous devons nous retrouver dans leur chambre pour aller dîner. Pourriez-vous m'indiquer le numéro de leur suite ? Je suis en retard.

– Désolé, mademoiselle. Nous ne communiquons jamais d'informations sur nos clients, quelles qu'elles soient. Mais je peux les appeler pour les prier de descendre. Ou bien, vous mettre en relation téléphonique pour que vous leur demandiez de vous rejoindre.

– Non, tant pis ! fis-je, m'efforçant de cacher ma frustration. Ce repas est... une surprise d'anniversaire pour Harriet.

Comment obtenir ce numéro ? me demandai-je, me mordillant la lèvre.

C'est alors que je les vis, se dirigeant d'un pas tranquille vers un ascenseur du hall. Je braquai mon regard sur eux, les regardant disparaître dans la cabine. Dès que les portes coulissantes se furent refermées, je passai à l'action.

Me précipitant vers la rangée d'ascenseurs, je scrutai les numéros d'étage qui s'éclairaient au-dessus de la porte qu'ils avaient franchie. Leur ascenseur venait de s'arrêter au troisième.

Je me ruai vers l'escalier proche. Une fois au troisième, je jetai un coup d'œil dans le couloir désert, juste à temps pour voir se refermer la porte d'une chambre. Je me propulsai jusque-là.

Numéro 315.

Je regardai autour de moi : pas une âme en

157

vue. Je collai alors mon oreille au battant. Aussitôt, j'eus un recul surpris. Les aimables Ed et Harriet se disputaient avec vigueur.

13. La «Maison du soleil»

Mes amies et moi trouvions Ed et Harriet bizarres, c'est vrai. Mais leur couple avait toujours dégagé une impression d'harmonie. Je n'avais jamais senti le moindre problème entre eux ! Je me remis à l'écoute.

— Arrête de pleurer, bon sang ! hurlait Ed.

— Je ne peux pas m'en empêcher ! cria-t-elle en retour, d'une voix entrecoupée de sanglots hystériques.

— Eh bien, tu le dois ! Je ne peux plus supporter ça !

— Ce suspense est intolérable ! rétorqua-t-elle, élevant encore plus le ton.

— Chérie, je t'en prie, calme-toi, plaida Ed

d'une voix adoucie. Cela ne te ressemble pas de te mettre dans des états pareils. De toute façon, j'ai entièrement confiance en Nancy.

En entendant mon nom, je tendis encore plus l'oreille, pour ne pas en perdre une syllabe.

— Nous n'aurions jamais dû venir à Hawaï, continua Ed. Nous allons la gêner dans son enquête, c'est tout. Finalement, elle n'est ici que depuis deux jours. Donne-lui sa chance !

— Nancy se débrouille très bien. Mais face à une chose aussi terrible que la disparition de Mildred, ça ne peut pas faire de mal de lui prêter main-forte. On doit s'impliquer person-nellement !

— Pendant ce temps-là, nous négligeons notre maison d'édition.

— Qu'est-ce qui compte le plus, Ed ? Nos affaires ou la vie d'une amie disparue ?

Là-dessus, Harriet éclata de nouveau en sanglots :

— Je n'arrive pas à imaginer ce qui a pu lui arriver.

Je me redressai. Non seulement je courais un risque en écoutant, mais mon oreille devenait tout engourdie à force d'être pressée contre la porte. D'ailleurs, j'en avais assez entendu ! Je fixai le battant, éberluée, tandis que l'écho de leur échange flottait autour de moi...

De toute évidence, ils étaient réglo, et leur amitié pour Mildred était authentique.

Il était temps de passer à l'action ! Je frappai à la porte. La conversation à l'intérieur cessa aussitôt, comme un feu cesse de crépiter lorsqu'on l'étouffe sous la cendre.

– Qui est là ? demanda Ed.

– Ed, c'est Nancy ! J'aurais une question à poser.

Il ouvrit, et m'invita à entrer avec un geste de grand seigneur. Harriet n'était pas visible, mais un robinet coulait dans la salle de bains.

– En quoi puis-je t'aider, ma chère petite ? demanda-t-il.

Son expression ne portait aucune trace de la tension de la dispute ; mais Harriet, qui sortait à présent de la salle de bains en se tamponnant le visage avec une serviette, avait les yeux gonflés et rougis.

– Salut, Nancy, dit-elle en se forçant à sourire. J'étais en train d'enlever mon écran solaire, il m'irrite la peau.

– Je suis désolée de vous déranger, mais j'aimerais avoir un renseignement susceptible d'être très important dans cette affaire. L'un de vous sait-il quelque chose sur le grand-père de Mildred et Eliza ? Je me demande si Eliza a été privée d'un héritage.

– Oui ! s'écria Harriet. Les pères de Mildred et Eliza étaient frères jumeaux, mais celui d'Eliza s'est marié beaucoup plus tard, ce qui explique la grande différence d'âge entre les deux cousines.

– Donc, Mildred et Eliza sont cousines germaines ? Elles ont les mêmes grands-parents du côté paternel ? dis-je pour bien m'en assurer.

Harriet fit signe que oui avant de développer :

– Et les jumeaux ont tous les deux été privés de leur héritage parce que leur propre père s'est remarié après la mort de sa première femme, et a fondé une famille avec sa seconde épouse. À sa mort, il n'a rien laissé de sa fortune, qui était importante, à ses fils jumeaux. Il a tout légué à sa veuve, qui l'a transmise à ses enfants : les demi-cousins de Mildred et Eliza.

– Ni Mildred ni Eliza n'ont vu la couleur de l'argent de leur grand-père, spécifia Ed, hochant la tête.

Mmm. Donc, Eliza n'avait aucune raison de se débarrasser de Mildred ! Puisque cette dernière n'avait pas hérité non plus. Je me remémorai la formulation du journal : *Si seulement Mildred et compagnie n'étaient pas dans le tableau…* La « compagnie » faisait sans doute allusion aux demi-cousins ! Mais pourquoi Eliza les avait-elle assimilés à Mildred ? Je fus tentée de demander leur avis à Ed et à Harriet ; mais il aurait fallu pour cela leur avouer que j'avais lu le journal d'Eliza – et je préférais l'éviter. Ils n'avaient sans doute pas kidnappé Mildred, et ils étaient de mon côté ; mais ils représentaient quand même un risque. Je ne faisais pas du tout confiance à Ed pour garder un secret !

Je réfléchis. Eliza avait dû mal saisir la situation. Après tout, elle n'avait que quinze ans, à l'époque. Trente ans plus tard, elle comprenait certainement ce qu'était devenue la fortune de son grand-père...

Je remerciai Ed et Harriet, et m'excusai à nouveau de les avoir dérangés. Puis je me hâtai de retourner dans notre chambre. George et Bess jouaient aux cartes. Elles levèrent les yeux vers moi d'un air d'attente, à mon entrée.

– Je vous dirai ce qui s'est passé dans une minute, fis-je, m'emparant du téléphone.

Je composai le numéro d'Eliza à son travail et, quand je l'eus au bout du fil, je lui demandai de me raconter l'histoire de son héritage, pour avoir confirmation qu'Ed et Harriet avaient la bonne version des faits.

– Ni Mildred ni moi n'avons touché un sou,

conclut tristement Eliza après m'avoir relaté une histoire semblable à celle que je venais d'entendre. Ce sont nos demi-cousins qui ont tout. Mildred et moi devrons travailler jusqu'à notre mort. Oh, ça ne me dérange pas, j'aime mon job. Mais qu'est-ce que l'héritage a à voir avec la disparition de Mildred ?

— Je ne le sais pas très bien.

— Tu as avancé à Maui ? Ton séjour là-bas est fructueux ?

— Pas encore, Eliza. Je vous préviendrai dès qu'il y aura du nouveau.

— Ça m'a fait plaisir de te parler, Nancy. À bientôt.

Je lui dis au revoir puis raccrochai, plutôt démoralisée. C'était inouï, tout de même ! Après tous ces efforts, je revenais à la case départ !

Ne vous méprenez pas : j'étais ravie qu'Eliza soit innocente. Même si elle était un peu toquée, j'avais de la sympathie pour elle et je lui voulais du bien. Il n'en demeurait pas moins que son innocence, celle de Jamey, et celle d'Ed et Harriet étaient autant de pas en arrière dans la résolution du mystère. Je ne marquais pas un seul point ! Aucun de mes suspects ne semblait un tant soit peu coupable !

Je levai les yeux vers les visages ardents de mes amies. Elles mouraient d'envie de savoir de quoi il retournait. Malheureusement, c'était un échec, et je leur en fis part.

— Réfléchissons encore à Mildred et à son projet, suggérai-je, tentant de ramener l'affaire à ses éléments essentiels. Elle est venue à Hawaï pour se documenter sur les *Night Marchers*. Elle en a parlé à Jamey. Et puis, elle a disparu.

Bess glissa :

— Ensuite, il y a eu l'apparition de ce billet, auquel Eliza t'a conduite.

— Voilà ce que nous savons, à la base, résuma George.

— En fait, dis-je en réfléchissant, nous en savons un tout petit peu plus que ça. Vous vous souvenez du professeur de Robin Ching — comment s'appelle-t-il, déjà ? Le type qui était assis devant Mildred, en avion ?

— Celui qu'on a rencontré au restaurant hier soir ? s'enquit Bess. Alex.

— C'est ça. Bon, si Robin rédige un mémoire sur la mythologie hawaïenne, et qu'Alex est son directeur de recherche, il doit donc enseigner cette discipline, ou en tout cas, connaître ce sujet. Donc, il a sûrement des informations sur les *Night Marchers*. Je ne suis pas sûre que ce soit important, mais au point où nous en sommes, toute piste est bonne à suivre.

— Attends une minute, fit Bess. Tu prétends qu'il y a un lien entre lui et Mildred, Nancy ?

— Cela se pourrait, à cause des *Night Marchers*. Ils font partie de la mythologie hawaïenne, qui est apparemment la spécialité d'Alex.

Soulevant le téléphone, je composai le numéro de la police d'Honolulu. Après avoir décliné mon identité à l'officier Kona, je lui demandai :

— Pourriez-vous me rafraîchir la mémoire, s'il vous plaît ? La police a bien questionné tous les passagers qui étaient assis près de Mildred, en avion ? Y compris ceux qui se trouvaient *devant* elle ?

— Oui, nous l'avons fait, Nancy. Mais uniquement pour leur demander s'ils avaient remarqué les faits et gestes de Mildred après sa descente d'avion. Toutes les réponses étaient négatives, bien entendu.

— Il y avait un certain Alex, devant elle, dis-je, cherchant à me faire confirmer qu'il avait bel et bien été interrogé. Est-ce que vous connaissez son nom de famille ? Je sais que vous n'aimez pas communiquer des informations, mais si vous consentiez à faire une entorse au règlement, je vous en serais vraiment très reconnaissante. Il y a des chances que Mildred soit véritablement en danger !

Après une hésitation, elle lâcha :

— Il s'appelle Alex Kahilua : K-a-h-i-l-u-a. Mais je ne peux pas te donner son numéro. C'est confidentiel.

Soit. Pas d'entorse au règlement pour les détectives amateurs. J'avais appris quelque chose, tout de même : Alex avait menti. Contrairement à ses dires, la police l'avait interrogé !

Intéressant...

Alex figurait sans doute dans l'annuaire. Si ce n'était pas le cas, je pouvais toujours demander son numéro à Jamey ou à Robin, ils devaient l'avoir.

— Merci, dis-je à l'officier Kona. Je reprendrai contact en cas de nouveaux développements.

Après avoir raccroché, je sortis l'annuaire de sa niche dans la table de chevet, et l'ouvris à la lettre K — une lettre courante en hawaïen : Kahilo, Fred... Kahiloe, Bettina... Ah, Kahilua, Alexander ! Génial ! Il y avait un télé-phone, et même une adresse ! Je téléphonai dans la foulée, bien sûr.

— Allô ? énonça une voix masculine à l'autre bout du fil.

— Salut ! C'est Nancy. Je vous ai rencontré hier avec Robin et Jamey.

— Euh, oui, dit avec hésitation Alex Kahilua.

— Je me demandais… est-ce que vous ensei-gnez la mythologie hawaïenne, par hasard ?

— Eh bien, oui, en effet.

— Votre cours inclut-il ce qui a trait aux *Night Marchers* ?

— Nous les étudions parmi d'autres éléments du folklore, répondit-il, sur ses gardes.

— Vous vous souvenez de la femme sur laquelle je vous ai questionné ? Mildred ? Elle écrivait un roman à leur sujet.

— Je croyais t'avoir dit que je ne me la rappelais pas ! s'échauffa-t-il, hurlant si fort dans l'appareil que je ne pus m'empêcher d'écarter l'écouteur de mon oreille.

— Pourtant, les policiers m'ont affirmé qu'ils vous avaient interrogé à son sujet. Pourquoi avez-vous prétendu le contraire ? insistai-je. Ils ont dû vous apprendre qu'elle avait disparu ; or, vous avez paru surpris lorsque j'ai mentionné ce fait.

— Quel est le but de cet appel ? Que veux-tu ? demanda-t-il en haussant une fois encore le ton.

Je sentis qu'il allait raccrocher, alors, je m'empressai de dire :

— J'aimerais en savoir davantage sur les *Night Marchers*. Pensez-vous qu'une véritable bande de malfaiteurs pourrait chercher à se faire passer pour des esprits ?

– Que cherches-tu ? En quoi cela te concerne-t-il ? s'écria-t-il.

– Eh bien, Mildred a disparu. Nous essayons de la retrouver. Et comme elle est venue à Hawaï pour se documenter là-dessus, j'ai pensé que vous auriez une idée des endroits où elle aurait pu se rendre... puisque vous êtes spécialiste de la question.

– Ça ne fait pas de moi un expert sur les personnes disparues ! Écoute, je dois te laisser, Nancy. J'allais juste partir pour une randonnée sur le Haleakala lorsque tu as téléphoné.

Il ajouta après une pause :

– Je pourrais te rappeler plus tard.

– Entendu.

Je lui communiquai mon numéro de mobile, puis raccrochai.

– Quelle conversation ! s'exclama George. J'ai senti rien qu'au son de ta voix qu'Alex n'était ni très chaleureux ni très empressé.

– C'est clair, fit Bess.

– Il était incroyablement nerveux ! Je comprends qu'il soit réticent à répondre aux questions d'une étrangère. Personne n'aime ça. Mais il était beaucoup trop sur la défensive. J'ai l'intuition que ça vaut le coup de fouiner à son sujet. D'autant qu'il a prétendu, hier, que la police ne l'avait pas interrogé. Ce qui est faux.

— Tu sais où il habite ? s'enquit Bess.

— Dans un endroit qui s'appelle Kula, son adresse est dans l'annuaire. Mais il vient de m'annoncer qu'il part faire l'ascension du Haleakala. Le volcan du centre de Maui.

— Oui, celui qui nous surplombe où qu'on aille, commenta George. Il paraît que c'est un endroit fabuleux.

Elle saisit un dépliant touristique sur le chevet et le lut :

— Il s'élève à trois mille mètres au-dessus de la mer – plus haut que certains sommets des Rocheuses ! Son nom signifie «Maison du soleil». Waouh ! On peut descendre dans le cratère, les filles ! C'est un volcan en sommeil, bien entendu.

— En sommeil ? fit Bess. Je préférerais qu'il soit carrément éteint !

— Eh bien, tu n'as qu'à rester ici pour veiller au grain pendant que j'enquêterai sur le Haleakala avec George, dis-je, quêtant du regard l'approbation de mon amie.

Son expression enthousiaste parlait pour elle !

— Il n'y a rien à surveiller ici, répliqua Bess. Jamey, Ed et Harriet sont tous les trois hors de cause.

Elle se rembrunit, puis reprit :

— Mais au moins, je pourrai avertir la police si vous n'êtes pas revenues d'ici quelques heures.

— Alex est peut-être un autre suspect bidon, dis-je. Le seul truc anormal, c'est qu'il m'a menti. Mais en tout cas, face à face, il ne pourra pas se dérober aussi facilement à mes questions !

Quelques minutes plus tard, George et moi filions vers le sommet du Haleakala. Mon amie tenait le volant, roulant à toute vitesse sur une route en lacets qui zigzaguait à vous soulever le cœur ; elle allait aussi vite que possible sans valser dans le décor.

J'avais sans doute un estomac en béton car, malgré les cahots, je continuai à lire mon guide touristique. Une photo d'une plante en voie de disparition d'Hawaï, le sabre-d'argent, capta mon regard à cause de ses longues feuilles pointues d'un gris-vert. Je la trouvai plus menaçante que jolie.

— Je me demande quel pourrait être le mobile d'Alex, dit George en franchissant un nouveau virage dans un crissement de pneus.

— C'est sans doute en rapport avec les *Night Marchers*, mais quoi ?

Il y avait maintenant un moment que nous

roulions. À mesure que nous grimpions, de plus en plus haut, la température chutait. Une fois au sommet, nous nous garâmes et nous descendîmes.

La vue était extraordinaire. Loin en dessous de nous s'étendaient les verts champs de cannes à sucre et les plantations d'ananas de Maui. Encore plus au-delà, la houle se brisait sur le rivage, semblable à de minces entrelacs de dentelle blanche. Et, devant nous, surgissant d'une couronne de nuages, le pic d'un autre volcan miroitait dans l'air bleu glacial.

Nous prîmes nos sweat-shirts à l'arrière de la voiture. Vu l'altitude du Haleakala, nous les avions emportés ; mais nous n'aurions jamais cru qu'il puisse y avoir un endroit aussi froid sur la tropicale Maui. Nous frissonnions dans nos shorts.

J'aurais aimé avoir plus de temps pour admirer la vue, mais il me fallait localiser Alex. Abritant mes yeux du soleil, je survolai du regard les quelques touristes qui erraient dans le périmètre d'observation. Il n'était pas parmi eux.

Désignant le volcan qui se dressait face à nous, une jeune femme armée d'un appareil photo nous précisa :

— Ce volcan est actif. Il se trouve sur Big Island.

— Actif ? fit George, curieuse. Il crache de la lave, c'est ça ?

La femme hocha la tête :

— Je crois qu'il y a toujours une petite quantité de magma qui surgit à certains endroits.

Songeant à Alex, je demandai :

— Comment pénètre-t-on à l'intérieur du cratère ?

— Il y a une piste par là à gauche, dit la femme en pointant le doigt.

— Merci.

En nous précipitant dans cette direction, nous passâmes devant une pancarte informative décrivant la géologie du volcan. George s'attarda pour la lire tandis que je gagnais le bord du cratère au pas de course, et en survolais les profondeurs, en quête de la présence d'un « explorateur ». Personne.

Une piste en lacets descendait dans un étrange paysage lunaire, où seuls quelques sabres-d'argent rompaient le décor dénudé. Je ne pouvais pas voir la totalité du cratère, en partie masqué par la brume ; mais, à l'intérieur, la terre était noire et rouge, sans doute à cause de la lave. Alex s'était-il engagé dans une poche de brouillard ? Je me penchai par-dessus la rambarde en fer pour avoir une meilleure vue sur la pente raide.

Quelque chose me heurta dans le dos – deux mains, à en juger par mes sensations. Je luttai pour reprendre mon équilibre, faisant des moulinets avec les bras, mais rien n'y fit. J'avais été penchée trop en avant. Je basculai par-dessus le rebord, en direction d'un sabre-d'argent se dressant à six mètres au-dessous de moi !

14. Intrusion furtive

Une saillie rocheuse dépassait non loin de moi. Je n'eus que le temps de m'y cramponner, sans réfléchir. Les rochers de la saillie bougèrent tandis que je m'y accrochais, et une pluie de cailloux et de terre me tomba sur la tête. Ils étaient trop branlants pour me retenir longtemps ! D'un instant à l'autre, l'un d'eux céderait !

Où était George ? Je criai son nom. Les rocs émirent des gémissements de mauvais augure. Je ne me retenais plus que par le bout des doigts.

– George ! hurlai-je encore, essayant de dompter ma panique.

Au-dessous de moi, les épines du sabre-d'argent luisaient au soleil. La plante avait l'aspect impressionnant d'une espèce inconnue, extra-terrestre, et ce n'était pas pour rien qu'elle s'appelait sabre-d'argent ! Tomber droit dessus d'une hauteur de six mètres n'était pas mon idée d'une partie de rigolade !

— George ! criai-je encore tandis qu'une averse de terre dégringolait de nouveau sur mon crâne.

Et soudain, mon amie fut là, bondissant de la piste jusqu'à la corniche, se penchant vers moi.

— George, ces pierres ne tiennent plus ! Je vais lâcher prise !

Elle me saisit par le poignet à l'instant même où les roches que j'agrippais dégringolaient.

— Ne t'inquiète pas, grogna-t-elle, je te tiens !

Et elle planta ses talons dans la pente de l'à-pic, pour se donner un appui.

— Tu ne tomberas pas, continua-t-elle. Mais je ne crois pas que je parviendrai à te hisser jusqu'à moi.

J'étais suspendue, jambes ballantes, au-dessus du cratère, et seule la poigne robuste de George m'empêchait de m'écraser sur les rochers et les sabres-d'argent. Ah, si seulement mes pieds avaient pu trouver un point solide pour me permettre de donner une poussée !

— Au secours ! cria George, faisant porter sa voix en direction de la bouche du cratère.

Puis, se retournant vers moi :

— Nancy, quand je suis accourue à ton aide, j'ai aperçu Alex. Il montait dans une voiture blanche rouillée.

J'eus un coup au cœur. Si Alex avait emmené Mildred chez lui, il pouvait être tenté de la déplacer dans une autre cachette, puisqu'il savait maintenant que l'étau se resserrait sur lui. Arriverions-nous jamais à l'arrêter ?

Mais surtout, allais-je rester suspendue comme ça encore longtemps ?

— Au secours ! hurla une nouvelle fois George.

Soudain, un ranger apparut non loin d'elle, une corde à la main.

— C'est quoi tous ces cris ? fit-il. Qu'est-ce qui se passe ? Quelqu'un est tombé ?

Puis il resta bouche bée en me voyant baller dans le vide, retenue par la poigne de George. Rampant à plat ventre jusqu'à la saillie, il se pencha pour attacher solidement la corde autour de ma taille. Une fois que le nœud fut bien serré, il me hissa, tandis que George me stabilisait de son mieux. Le ventre frottant contre la roche, je me tortillai jusqu'à la corniche, enfin en sécurité !

— Mcrci, haletai-je une fois que nous eûmes regagné la bordure du cratère.

Je m'époussetai les mains. J'avais quelques égratignures, mais j'étais saine et sauve !

— Que s'est-il passé, jeune fille ? me demanda le ranger en me scrutant comme si j'étais coupable de quelque stupide imprudence. On est censé rester de ce côté-ci de la rambarde, sauf si on descend dans le cratère.

— J'allais justement emprunter la piste lorsque quelqu'un m'a poussée, révélai-je. Cet individu est dangereux !

Le ranger en resta bouche bée. Rapidement, je le mis au courant des faits, le convainquant qu'Alex avait peut-être dissimulé Mildred quelque part — sans que je puisse expliquer la raison de cette séquestration.

— Il habite Kula, et je me demande si Mildred n'est pas chez lui, dis-je. Comme il a sûrement deviné que je suis sur sa piste, en me voyant ici, il a tenté de m'éliminer pour mettre un terme à mon enquête. J'aurais pu me blesser grièvement, si j'étais tombée.

— C'est certain ! commenta le ranger, hochant la tête d'un air sombre.

Je sortis le carnet où j'avais griffonné l'adresse d'Alex, et la lui montrai :

— Pouvez-vous m'indiquer comment on se rend à cet endroit ?

Il me donna des indications. Puis il se

rembrunit, et nous examina d'un air troublé :

— S'il vous plaît, mes petites, attendez que j'alerte la police ! Laissez-leur le soin d'arriver sur place les premiers. Je ne veux pas qu'il vous arrive du mal. Il est clair que nous avons affaire à un criminel !

Il se précipita vers le poste des rangers pour téléphoner, et nous hurla avant d'y pénétrer :

— Ne partez pas ! La police de Maui est rapide ! Ils seront sûrement chez lui d'ici un quart d'heure !

Un quart d'heure ? Pas question ! Je n'allais même pas attendre cinq minutes alors que Mildred pouvait être en danger ! Qui savait ce que ferait Alex lorsque la police effectuerait une descente chez lui ? En s'annonçant par un hurlement de sirènes, en plus ? Non, il était plus avisé de se faufiler chez lui avant l'arrivée des policiers. Quand ils seraient là, ils nous prête-raient main-forte.

Mon amie et moi ne perdîmes pas une minute. Pendant que le ranger était encore au poste, nous bondîmes en voiture et partîmes, George au volant. Elle avait pris le pli pour négocier les virages en épingle à cheveux, pendant l'ascension, et elle manœuvra avec habileté, descendant à toute vitesse. Comme le ranger nous l'avait indiqué, Kula se trouvait à mi-pente du volcan. Son climat, intermédiaire entre la chaleur tropicale de la plage et le froid glacial du sommet, me rappela l'air revigorant de San Francisco.

– 118, Papaya Tree Drive, George, dis-je, lisant dans le carnet l'adresse et les indications que j'avais notées. Juste après Mango Tree Drive. Ici !

Nous tournâmes dans une rue paisible bordée d'arbres. Les maisons étaient à l'écart les unes des autres, et isolées de la route par de hautes haies.

– Voici le 118, annonçai-je alors que nous approchions d'une boîte aux lettres à l'orée d'un chemin d'accès. Attends ! N'entre pas ! Garons-nous plutôt en bordure de la route.

George gara la voiture sur le bas-côté herbeux, et nous descendîmes. Un passage étroit, parfait pour un chien en maraude, fendait la haie proche. Il était un peu juste pour un être humain, mais nous réussîmes à nous faufiler quand même. Une fois de l'autre côté, nous avançâmes à pas de loup le long de la haie, longeant le jardin de devant. La petite maison en bois sombre avait des baies vitrées coulissantes ; derrière, il y avait une plantation d'ananas. La haie, les arbres et le champ étaient entièrement dissimulés à la vue des voisins.

Je me tendis. Je venais d'apercevoir dans l'allée une voiture blanche rouillée, qui faisait tache dans le décor. J'avais espéré qu'Alex ne serait pas là, et trouver Mildred sur place ! Pourvu qu'elle soit à l'intérieur, saine et sauve !

— George, murmurai-je, allons jeter un coup d'œil à l'intérieur par le devant.

Quittant l'ombre de la haie, nous nous faufilâmes dans la cour, à découvert. Jusqu'ici, pas de problème. Pliées en deux, nous atteignîmes la maison sans encombre, et nous nous ruâmes dans les buissons bas face à la baie vitrée panoramique. Elle laissait voir un salon avec une moquette beige sale, un canapé à l'avenant. Des livres et des papiers étaient éparpillés partout.

— Tu crois qu'il y a eu lutte ? demanda nerveusement George.

— Ça m'étonnerait. Je pense plutôt que c'est un malpropre !

George eut un sourire, puis me fit signe de regarder sur ma droite :

— Tu as vu ? Un escalier pour la galerie de l'étage. On va pouvoir grimper pour espionner au premier !

Sur la pointe des pieds, nous gagnâmes un *lanai* où se trouvaient disposées en désordre quelques chaises longues décrépites. Juste devant nous, il y avait une baie coulissante. Nous nous empressâmes de regarder au travers.

Il nous fallut un instant pour capter la scène, mais, lorsque ce fut fait, George et moi échangeâmes un regard aigu. Une femme grisonnante était étendue sur un lit, les yeux clos. Elle remua légèrement alors qu'Alex se dressait devant elle. Il était presque de dos par rapport à nous, et ne pouvait donc nous voir. Il la contemplait en fronçant les sourcils. Puis il se pencha vers le chevet, prit un verre d'eau et le porta aux lèvres de la femme.

— Mildred ! cria-t-il. Mildred !

Puis il la gifla sans brutalité. Je n'osai pas chuchoter un commentaire à George, car il m'aurait entendue. Mais je n'avais pas l'impression qu'il voulait faire du mal à Mildred. Plutôt qu'il cherchait à… la ranimer ?

Donnant un coup de coude à mon amie, je me contentai de remuer la bouche : « Regarde ! » Alex venait de prendre un linge sur la table de nuit, et le mouillait avec l'eau d'une carafe. Puis il l'appliqua sur le front de Mildred. De temps à autre, il le pressait au-dessus de ses lèvres, distillant des gouttes d'eau dans sa bouche ouverte.

Mildred gémit, et ses paupières s'ouvrirent.

– Maintenant ! chuchotai-je à George en faisant coulisser la paroi vitrée.

Alex fit aussitôt volte-face, à ce bruit, mais j'ignorai sa réaction.

– Mildred, dis-je d'une voix ferme, je suis Nancy Drew, une amie de votre cousine Eliza. Je suis venue à votre secours avec mon amie George Fayne. La police est en route.

– Quoi ? Où suis-je ? fit-elle en fronçant les sourcils. Comment donc, la police arrive, mon enfant ? Y a-t-il un problème ?

Puis son regard se porta sur Alex, et un éclair de compréhension passa sur son visage.

– Oh, que je me sens mal ! dit-elle en se massant le front. Qui êtes-vous ? Que m'avez-vous fait ?

Alex s'effondra sur un fauteuil proche, et enfouit sa tête entre ses mains. Je me détendis, et George sourit. Alex ne représentait plus une menace, c'était clair – du moins, tant que nous ne lui tournerions pas le dos ! Le mot *police* semblait l'avoir privé de tout ressort.

– Alex, commençai-je, ce serait bien que vous répondiez à quelques questions avant l'arrivée des policiers.

– Comme par exemple, pourquoi j'ai kidnappé une vieille dame sans défense ? fit-il avec amertume.

– Entre autres. Est-ce que ça a un rapport avec les *Night Marchers* ?

Il me dévisagea avec un étonnement mêlé d'admiration :

– Tu as compris !… Eh bien, oui. En avion, j'ai entendu ce que Mildred disait à Jamey sur son projet de roman. J'ai eu peur que son livre ne concurrence le mien.

– Vous en écrivez un aussi ? m'enquis-je.

– Oui, et j'essaie d'obtenir ma titularisation universitaire, expliqua-t-il. J'en ai désespérément besoin, en fait : je suis très endetté, il me faut des revenus fixes. Mon roman est un policier basé sur les *Night Marchers*, et s'il paraissait un autre livre sur le même sujet, le mien n'aurait plus aucune chance ! Alors, j'ai attiré Mildred chez moi en lui promettant de lui montrer de vraies photos des fantômes. Qui, en fait, n'ont jamais existé.

– Honte à vous, jeune homme ! s'écria Mildred en se redressant. Comment avez-vous pu vous imaginer que vous arrêteriez mon livre ? En me rendant amnésique ?

– Je ne vous voulais pas de mal ! soutint Alex d'un ton implorant. Je comptais parvenir à détourner votre attention une fois que vous seriez ici. Vous auriez posé votre ordinateur portable pour regarder mes photos de Hawaï et, pendant ce temps, j'aurais subtilisé l'appareil pour effacer tous vos fichiers. Je l'aurais ensuite remis en place avant que vous remarquiez sa disparition momentanée.

– Vous êtes un escroc et un voyou! s'indigna Mildred, rouge de colère. Je me moque que vous ayez besoin d'argent! Ce que vous avez fait est criminel! Vous n'avez aucune excuse!

Je vis avec soulagement qu'elle commençait à reprendre des couleurs. Elle continua :

– De toute façon, qu'est-ce que vous imaginiez? Que je suis assez stupide pour ne pas avoir des copies de mon travail?

– Votre CD de secours était encore dans votre lecteur, dit Alex, qui tira négligemment un CD de sa poche pour le rendre à Mildred.

Celle-ci s'en saisit et le contempla avec amour, comme si elle retrouvait un enfant chéri – ce qui était un peu le cas à ses yeux, j'imagine.

Alex reprit en haussant les épaules :

– J'étais prêt à passer outre le risque que vous ayez un autre enregistrement à San Francisco. Vous comprenez, je n'escomptais pas effacer toute trace de votre livre. Mais, privée de vos dossiers pour travailler ici, vous auriez été retardée ; et, en paraissant plus tard que prévu, votre roman n'aurait pas été en compétition avec le mien. Vous auriez toujours pu me soupçonner par la suite, mais vous n'auriez eu aucune preuve.

— Bon, c'est bien joli, tout ça, mais j'aimerais savoir ce que vous avez fait à Mildred ! intervint George. Vous dites que vous vouliez lui prendre son ordinateur le temps d'effacer ses fichiers, mais vous l'avez gardée enfermée ici ! Et il est visible qu'elle n'est pas en bonne santé !

Mildred s'était de nouveau allongée, et George disait vrai : elle n'avait pas l'air bien.

Alex pâlit :

— Mon plan a raté. Je ne voulais pas faire de mal à Mildred, je vous l'ai déjà dit ! Juste lui emprunter son ordinateur. Mais elle le surveillait comme un faucon, alors, j'ai été obligé de l'assommer. Je voulais juste qu'elle reste inconsciente quelques minutes, mais…

Il n'acheva pas.

— Avec quoi l'avez-vous frappée ? voulus-je savoir.

— Mon téléphone mobile, répondit-il d'un ton misérable. Le coup n'était pas très violent, mais il a porté plus que je ne l'aurais cru. Depuis, je n'ai pas arrêté d'essayer de la ramener à la conscience. Ce matin, elle a commencé à remuer, et même à avaler un peu. Elle a bu de l'eau, et un peu de bouillon de poule. Elle a ouvert les yeux quelques instants avant que je parte sur le Haleakala. Mais c'est seulement maintenant qu'elle a vraiment repris un peu de vigueur.

C'était ce qu'il appelait reprendre de la vigueur? Mildred avait dû se trouver dans un état épouvantable!

– Je ne suis pas si mauvais que ça, ajouta-t-il.

– Pff! fit Mildred, portant sa main frêle à son front. Pas mauvais? Vous voulez rire! J'ai l'impression d'avoir été frappée avec une massue!

– Alex, demandai-je, c'est exprès que vous m'avez attirée sur le Haleakala? Pour vous débarrasser de moi?

Son expression butée me révéla clairement ce qu'il n'aurait jamais voulu admettre.

– Vous n'êtes certes pas quelqu'un de recommandable, lui assenai-je, quoi que vous prétendiez!

Je me tournai vers Mildred, et lui expliquai qu'Ed et Harriet nous avaient envoyées à sa recherche.

– J'ai des amis merveilleux! s'exclama-t-elle, joignant les mains dans un geste de gratitude. J'imagine qu'ils étaient aussi très inquiets au sujet du livre que j'écris pour eux – ils pensent qu'il marchera très bien, je crois.

Elle eut un sourire en coin, et continua :

– Mais vous êtes formidables d'avoir compris où je me trouvais. Allez savoir ce qui se serait passé si j'étais restée seule avec ce serpent !

Fixant Alex avec des yeux plissés, elle lui lança :

– Vous espériez sûrement que mon traumatisme effacerait votre agression de ma mémoire – et mon livre aussi ! Vous espériez détruire les fichiers *de mon esprit*.

L'expression coupable d'Alex me révéla que Mildred voyait juste.

– En fait, continua-t-elle d'un ton de défi, toute cette aventure ne fait que stimuler mon imagination ! Attendez un peu la sortie de mon prochain polar, et vous verrez !

George et moi éclatâmes de rire, Alex garda le silence.

– Et le billet, Alex ? fis-je. C'est vous qui l'avez écrit ?

Il fit signe que oui.

– J'ai imité l'écriture de Mildred, et l'ai placé sur le site au cours d'un aller-retour à Oahu pour une conférence. J'avais entendu

Mildred parler de sa cousine, en avion ; alors, j'ai rôdé autour de la maison d'Eliza, et je lui ai lancé des appels pour l'attirer, en faisant semblant d'être un fantôme. Je lui ai dicté des indications pour qu'elle trouve le mot, dans l'espoir que ça détournerait les soupçons et me mettrait hors de cause.

— Mais ce n'est pas Eliza qui l'a trouvé, c'est moi ! repris-je. Elle devait être si effrayée en allant le chercher qu'elle a perdu le fil.

Je me remémorai la fatale nuit. Le « tintement » que j'avais entendu dans mon cauchemar avait dû être en réalité la voix sépulcrale de l'esprit incarné par Alex. Eliza, terrorisée, avait dû s'embrouiller dans les explications qu'il avait fournies. Ce qui expliquait pourquoi elle avait exploré à la fois la piste de la jungle et le site historique.

— Pauvre Eliza ! déclara Mildred, foudroyant Alex du regard. Vous n'êtes vraiment qu'un misérable !

Des sirènes retentirent dans l'allée d'accès. Quelques minutes plus tard, les policiers emmenaient Alex, menotté, tandis que les secouristes chargeaient Mildred dans une ambulance pour la conduire à l'hôpital, en observation.

Avant que les ambulanciers referment la porte, elle nous lança gaiement :

– Ne vous inquiétez pas, les filles, je me sens très bien ! J'ai hâte de me mettre à mon nouveau roman ! Vous y jouerez un rôle de premier plan, soyez-en sûres !

Au Blue Wave Hotel, George, Bess, Harriet, Ed et moi sirotions des jus de noix de coco et ananas en grignotant des chips de taro maison, assis sur une terrasse en surplomb de la plage. Le soleil couchant se reflétait sur la mer, et les flots étaient calmes – autant que je l'étais moi-même maintenant, puisque j'étais rassurée sur le sort de Mildred.

– Nous avons un aveu à vous faire, les filles, déclara Ed, le regard pétillant.

Bess lui décocha un regard circonspect :

– Lequel ?

– Harriet, Mildred et moi faisons partie d'un groupe d'amateurs de romans policiers à San Francisco. Quand Harriet et moi t'avons rencontrée pour la première fois, Nancy, nous t'avons suivie dans l'espoir de trouver une idée d'intrigue. Nous savions que tu finirais tôt ou tard par tomber sur une énigme ! Ensuite,

Mildred aurait écrit le roman, et nous l'aurions publié. Tu y aurais eu le rôle de la détective, évidemment !

– Mais lorsque nous avons découvert que Mildred avait bel et bien disparu, glissa Harriet, nous avons su que nous avions notre propre mystère sur les bras. Et que nous avions besoin de toi pour le résoudre, Nancy ! Ce que tu as fait, bien entendu ! Alors, triple hourra pour Nancy Drew et son fabuleux travail de détective ! conclut-elle en levant son verre pour porter un toast.

Tandis que nous entrechoquions nos verres, Bess rosit de soulagement. Elle semblait respirer plus librement, maintenant qu'elle savait pour quelle raison Harriet et Ed nous avaient suivies. Et moi de même ! Encore un mystère de résolu...

Me laissant aller en arrière dans mon fauteuil, je contemplai avec émerveillement le panorama qui nous environnait. Hawaï était vraiment magnifique, et j'étais ravie d'en profiter un peu avant de regagner la maison. Enfin... si je ne tombais pas sur une nouvelle énigme ! Tant qu'Harriet, Ed et Mildred étaient dans le décor, cela n'avait rien d'impossible !